苦節四年、
理想の聖女を
演じるのに疲れました
2
～便利屋扱いする国は捨て
“白魔導士”となり旅に出る～
JN010309
インバーターエアコン
ILL. アレア

グレモリアス
有能だが、時々抜けている
部分がある最高位悪魔
ポチ
メイフィートを気に入っている
神獣のフェンリル
メイフィート
追放されてしまった
元大聖女

ヘンリー
ラバウル王国の第一王子
ルーク
天才肌の研究者
リーチェ
戦乙女と呼ばれる騎士団長

KUSETSU YONEN,
RISO NO SEIJO WO
ENJIRUNONI
TSUKARE
MASHITA

CONTENTS

苦節四年、
理想の聖女を演じるのに
疲れました
～便利屋扱いする国は捨て
“白魔導士”となり旅に出る～
2
インバーターエアコン
ILL. アレア

少年の追憶1

過去、メイフィートが大聖女になる前まで時を遡《さかのぼ》る。

「お久しぶりです、ルリリーラ様」

「遠路はるばるよく来てくれたねぇ、ベスカ殿」

ウインブル王国の風の神殿を訪れたのは遥か西方にある、ラバウル王国の使節団。

ベスカと呼ばれた、身なりのいい服を着た三十後半の男性は、ラバウル王国の王弟だ。

彼らを応接室にて出迎えた老婆の名前はルリリーラ。百を超えてなお、風の大聖女として活躍する人物で、細い皺だらけの手と対称的に、その目は若者のように活力があった。

「で、後ろにいる子は？」

「っ！」

ルリリーラの視線がベスカの後ろに向かう。そこには十歳前後の黒髪の男の子。

存在を隠すように立ち、誰の目にも場慣れしてないのがあきらかだ。

「お、お初にお目にかかります、あ、挨拶が遅れて申し訳ありません、ルリリーラ様。ラバウル王国、第二王子のルークと申します」

「ルーク、もう少し顔を上げろ、しっかり目を見て話せ、ルリリーラ様に失礼だ」

「あ……も、申し訳ありません」

「ふふ……大丈夫だよ、そんなに緊張しなくてもね。こんな見た目だが、取って食ったりはしないさ」

　叔父の紹介に合わせて、慌てて挨拶するルーク。

　ルークを見て、にこやかに笑うルリリーラ。

「大人しい子なんだねぇ……でも頭は良さそうだ」

「間違いなくルークは天才ですよ、この年で魔法工学の博士号まで取得していますし……」

「ほぉ……そいつは将来が楽しみだ」

「ええ、ご覧の通り、大人しいのだけが玉に瑕《きず》ですがね」

　甥のルークのフォローをするベスカ。

　緊張を隠せないルークをルリリーラがじっと見る。

「……あ、あの」

「ルークは……賢い子なんだねぇ」

「ルリリーラ、様？」

　少年の心の中を見透かしたように、優しい笑みを浮かべる老婆。

「でもね、子供の内からそんな生き方を選ぶ必要はないんだよ。まぁ、これは大人になったから言えることだけどね」

　ルリリーラがそっとルークの頭に手を伸ばす。

「まぁ、破天荒過ぎるのも問題だけどね……あの子みたいに」

　ポツリと小声で呟くルリリーラ。

「しかし時が経《た》つのは早い、こうしてお会いするのも丁度五年ぶりですか」

「もう、そんなに経つかい？」

「ええ、はっきりと覚えております。以前来た時も、王都では収穫祭が開かれていました。私はあの日試飲して以来、ウインブル産のぶどう酒の虜《とりこ》でしてね。今年の出来も楽しみです」

　雑談交じりにベスカが言う。

「五年経っても、ルリリーラ様はお変わりなく、安心しました」

「まぁ百十歳と百十五歳じゃ見分けはつかないよねぇ」

「そ、そのようなことは……」

　返答に困るベスカ。

　長く生きているだけあって、会話の主導権はルリリーラが握っていた。

「もしかすると、二人に会うのは、これで最後になるかもね」

「そ、そんな悲しいことをおっしゃらないでください」

「いいのさ、もう十分に私は生きた。これ以上は贅沢ってもんだ」

　あっけらかんと言うルリリーラ。

「新しい時代が、来るよ」

「新しい……ですか、そういえば、ルリリーラ様はその……」

　言葉の続きを濁すベスカ。

　ルリリーラは他の神殿の大聖女と違い弟子を取ろうとはしなかった。

　後継者の問題が気になったのだろう。

「ふふふ、心配は無用だよ、つい最近、私も弟子を取ったんだ」

「おお！」

「今、その子を徹底的に鍛えているところさ」

弟子発言に驚くベスカ。

くくく、と楽しそうにルリリーラが笑った。

「ルリリーラ様のお弟子様、どんな子か気になりますな」

「ちょうど、そこの王子様と同じくらいの年だね。名前はメイフィート、良かったら仲良くしてやっておくれ」

「は、はい……勿論《もちろん》です」

突然話を振られ、慌てて返事をするルーク。

「どんな子なのですか？」

「そうだねぇ、あの子は……」

「………」

興味津々《しんしん》といった顔で、尋ねるベスカ。

その後ろで話題の女の子の姿を想像するルーク。

その時のルークの表情は、ほんの僅かに影が宿っていた。

（きっと、うじうじした僕と違って、沢山の人に愛される素敵な子なんだろうな）

傑物と呼ばれる風の大聖女のお眼鏡《めがね》に叶《かな》った子。

心の澄み切った、他者を思いやる慈愛に満ち溢れた子なのだろう、と。

しかし……。

「こんの、クソ婆ああああああっ！」

「おっと、噂をすれば……」

ルークの考えは間もなく裏切られることになる。

大声がした直後、パリンと窓ガラスのたたき割られる音。

慌てて、部屋にいる護衛の兵士が武器を構えるが……。

「心配ないよ、身内だから……思ったより早かったね」

手で兵士たちを制すルリリーラ。

くるくると回転しながら、窓から入ってきたのは小さな女の子。

見習いの修道女のローブを着ていなければ、襲撃者と勘違いしそうな登場の仕方だ。

「寝ている間によくも、ゾンビだらけの墓地に放り込んでくれたね！」

「おやおや、見てもいないのに決めつけは良くないよ」

「ね、寝てるのに、見れるかっ！」

女の子がふざけるなと叫ぶ。

短い青髪は蜘蛛糸《くもいと》が絡まり、全身は泥で汚れている。

「死にかけた、私は死にかけたんだ！」

「死んでないからいいじゃないか、愛ある師匠の鞭《むち》だよ、喜びな、馬鹿弟子」

（で、弟子？　こ、この子が？　……う、嘘だろう？）

先程のイメージをぶち壊す登場に、ルークは驚きを隠せなかった。

ルリリーラの発言に肩を震わせるメイフィート。

「もう、我慢できない！　私の自由と平和のため、ババアを始末する！」

「くく、アンタの自分優先主義は嫌いじゃないよ、できるものならやってみな、馬鹿弟子」

「はあああああっ！　くらえ、我がセイントナックル！」

老婆に向かって、一直線に駆け出す女の子。

淡い光が拳を包み込む。子供とはいえ身体強化を使っている。

拳を向けた先は老人、真面に当たれば無事では済まないだろう。

しかし、そんな周囲の心配は杞憂《きゆう》で終わる。

「ふぁ……遅いねえ、欠伸《あくび》がでるよ」

「……ぬ、ぬぐぐっ！」

老婆はあっさりとその腕を摑む。

「戦う前から、殆《ほとん》ど魔力切れじゃないか、感情で突っ込んでくるようじゃ、まだまだだね」

「……うぐっ、おの……れ」

ルリリーラが、小さな腕から魔力を奪っていく。

あっさりと気絶してしまい、床に崩れ落ちるメイフィート。

「すまないねぇ、騒がしくして……」

「いえ、その……ルリリーラ様、その少女が先程、話にあった？」

「そうさ、ベスカ殿、私の馬鹿弟子さ。今日は客人が来るから、邪魔にならないように遠くに放り出したんだけどねえ、本当に騒がしい子だよ」

やれやれと溜息を吐《つ》くルリリーラ。

「ま、予定より早く墓地から戻ってきたのは褒めてやるけどね、くく」

しかし、弟子を見下ろすその顔はどこか嬉しそうだった。

「…………」

「ルーク、気持ちはわかるが、いつまでボケッとしているんだ」

「あ、ご、ごめんなさい」

呆然としていたルークが我に返って返事をする。

この鮮烈な出会いは、後にこの少年の生き方に影響を与えることになる。

リドルプ再訪

先日、ウインブル王国で起きた魔物暴走《スタンピード》。

大量の魔物が出現して国は滅亡の危機に陥ったが、元風の大聖女である私が協力することで、無事収束の目途《めど》が立った。

この国で育った聖女として最後の仕事を終えた私は、フラウと国王様に見送られ、王都を出発した。

「ふん、ふふぅん♪」

私を背に乗せ、鼻歌を歌いながら森を歩く大きな白狼はポチ。

神獣フェンリルであり、私の大親友だ。

「ご機嫌だねぇ、ポチ」

「それはそうだよ、これからはメイと一緒にいられるんだからね」

「ふふ、そうだね、私も嬉しいよ」

ポチの大きな背中を撫でる。ふわふわの柔らかな毛は、いつまでも触っていたくなる。

過去の因縁も決着し、大聖女でなくなった私は、これから自由に生きることができる。

貧民街生まれである私、メイフィートは子供の時、光魔法の資質を見出され、とある老婆に拾われた。

その老婆の正体は風の大聖女であり、神殿で厳しい教育を受け、次代の大聖女となった。

ヒエラルキーの下層にいた私が一転、華《はな》やかな世界へと。しかし、待っていたのは薔薇色の未来や、栄光に続くサクセスストーリーではなく、苦痛の時間だった。

心優しい聖女様の笑顔を全方位に振りまき、望まないお勤めに励む日々。

自由に生きてきた今までと、真逆の自分を演じるストレスは半端《はんぱ》じゃなかった。

辞めたいと思ったが、先代大聖女に対する恩はあったので我慢した。

しかし、大聖女となって四年後。

第二王子イクセルにより、とある聖女の暗殺未遂容疑がこの身にかかり、我慢の限界を迎えた私は、神殿で暴れたあと、国を逃亡することに……。

旅の道中、森でお腹が空いて倒れていたところ、狼獣人たちに助けられる。

それから、リドルブの街に捕らわれていた獣人の救出に手を貸したりして、仲良くなり、一緒に人の手の及ばない北の地へと向かうが、そこは文字通り何もない不毛の大地だった。

どうしようかと思っていると、突然、王国で魔物の大量発生が起きたという報告が入る。

私を罠に嵌《は》めた国に愛着はなかったが、親友である聖女のフラウは放っておけない。

彼女を助けるため、私を心配して来てくれた神獣のポチと再び王国に戻る。

無事フラウを助けることに成功した私は、そのまま王子たちのいる王宮に向かい、北の地の回復に役立つ、神殿（神霊鋼）の一部と引き換えに、王国を救うのに協力する提案をする。

我儘な王子たちは自分の要求ばかりだったが、絶妙のタイミングで話の分かる国王が登場する。

話の席で、王子たちは国の実権を握るため、国王に【魂縛り】という呪いを掛けていたことが判明、そのまま牢屋にぶち込まれることに。

その後、私が怠《なま》けていた聖女を無理矢理鍛え、戦力を増強させることで、魔物暴走《スタンピード》の収束の目途がたった。

「これで北の地に集中できるね」

「そうだね、ポチ」

また国に戻るとは思わなかったが、結果的には良かった。

もう追手は来ない、余計な心配をする必要もなくなった。

「北の地に戻る前に、ちょっとだけ、寄り道させてね、ポチ」

草木一本生えていない北の大地では満足な食糧確保の手段がない。

事前に念話を使って、グレモリアスに補給の連絡をしておこう。

リドルブの方角を向いて、魔力を飛ばす。

「グレモリアス、聞こえる？」

「ああ、聞こえている」

脳裏に響くグレモリアスの声、すぐに返信がきた。

「私、今からそっちに行くから、よろしくね」

「わかった」

リドルブの領主リエールは死に、現在は領主に変身した悪魔グレモリアスが街を治めている。

捕まった獣人たちを助ける時、私たちと対峙《たいじ》したリエールだが、不幸な事故により、召喚石で呼んだ悪魔グレモリアスの供物《くもつ》にされてしまった。

それから色々あり、この世界に滞在するための魔力の譲渡と引き換えに、私の協力者となったグレモリアス。

北の地への逃亡は、彼のサポートなしではスムーズにいかなかった。

「ポチ……それじゃあ、街までお願い」

「まっかせて！」

ポチの移動スピードがぐんと上がった。


王都からリドルブまで徒歩で五日はかかるが、ポチの速度ならあっという間だ。

朝に王都を出て、夕方前にはリドルブの街に着くことができた。

以前来た時はセクハラ門番に牢屋にぶち込まれ、酷《ひど》い目に遭《あ》ったが、今度はすんなり街に入れた。隣にいるポチについても何も言われなかった。

事前にグレモリアスに念話で行くことを伝えていたので、手を回してくれたのだろう。

グレモリアスが領主となって数か月。悪魔の治める街など前代未聞だ。

そんな街が現在どうなっているか、少し不安はあったが……。

「きゃははは！」

「ま、待ってえええええっ！」

街に入りすぐ、その心配は吹き飛んだ。

噴水前で楽しそうに追いかけっこをして遊ぶ男の子たち。

井戸端会議をする主婦や、公園で仲良く会話するカップル。

(これ、は……)

その平和な光景に目を大きく開く私、以前のこの街では見られなかったものだ。

領主リエールの悪政下にあり、陰鬱な空気が漂っていた街。

近くには金鉱山があり、労働力として買い入れた奴隷を抑えるために雇った傭兵あがりの兵士が徘徊していた。

住民たちは威圧的な彼らとの接触を避けており、ここまでの人の姿は確認できなかったが、現在は道を歩く住民たちも増え、その表情も明るい。

「……の、のどかだね、凄く」

「メイから聞いていた、以前の話と大分違うね」

「数か月でこの変化、考えられる要因があるとすれば、グレモリアスだけど」

「とても悪魔の治める街とは思えないね。メイが事前通達したから、エキストラの住民でも雇ったのかな?」

「また随分、大掛かりな擬態だね……」

お金かかってそうだ。

正面にはカゴに山盛りに入った野菜を運ぶ、おじさんたち。

農作業をしていたのか、顔には泥が付着している。

「お前ら、随分沢山、収穫したなぁ」

「うちの畑の取れたての野菜だぁ、風邪の時、世話してくれた娘に食べて欲しくて、笑顔が見たくて、俺頑張ったんだ」

「感謝の気持ちってやつか」

「んだんだ」

　農家のおじさんは笑みを浮かべていた。

「感謝と言えば……まだ見つかってないのか？」

「ああ、あのお方のことか？」

　あのお方？　ふと気になる言葉が耳に入る。

「あの時はもう駄目かと思ったな」

「あの方がいなければ、この街は魔物に蹂躙《じゅうりん》されていたろう」

「颯爽《さっそう》と現れて、名前も告げずに去っていくなんて、まるでヒーローみたいだったな」

「うちの娘なんて、アレからずっとあの方の話ばかりしてるよ」

「町娘たちの心まで奪っちまったみたいだな、無理もねえ」

「「…………」」

　とりあえず、ここで立っていてもしょうがない。

　色々不思議に思ったが、一先《ひとま》ず要件を済ませよう。

「……来たか、メイフィート」

「やぁ、久しぶりだね、グレモリアス」

　領主の館へ着くと、間もなく執務室へ通される私たち。

私たちを見て、変身を解き始めるグレモリアス。

メキメキと音をさせ、太った中年男性のリエールの姿から、美しい赤髪の美男子へと。

「面倒なら、リエールのままでもいいんだよ？」

「偶《たま》には元に戻らないとな。身体の操作感覚を忘れそうになる。それに、最近は別人に変身する機会というか、必要性も多くてな」

「と、いうと？」

「それを説明する前にメイフィート、街の様子を見て疑問に思わなかったか？」

「思った。妙に平和だったよね、理由を聞きたかったんだよ」

気になっていたことを尋ねる。

「先日、神殿を破壊したことで、魔物暴走《スタンピード》が起きただろう」

「うん、起きたね」

「リドルブは王都に近い。魔物発生の原因となる瘴《しょう》気《き》増加の影響をそれなりに受けた」

魔物暴走《スタンピード》までは発展しなかったが、近くのダンジョンから、街にかなりの数の魔物の襲撃があったそうだ。

「当然、迎え討とうとしたが……この街にはまったく兵力がなかった」

「うん？　リエールの雇った兵士たちが、沢山いたはずだよね」

「今日来た時、兵士の姿を見なかっただろう？　アイツらは一目散《いちもくさん》に逃げていった」

「み、見事な職務放棄だね」

「元々、リエールが金で集めた無法者に近い連中だしな。奴らに忠誠心は微塵もない。兵士が残っていれば、貴様が鍛えた聖女や騎士団が来るまでの時間稼ぎができたんだがな」

　保身しか考えない人間は、危機的場面では役に立たない。

「それじゃあ、どうしたの？」

「やむなく、俺自ら魔物を狩ることになった」

「……な、なるほど」

　ここで私はハッと気づく。

「あ、話題のヒーローって、グレモリアスのことだったんだね！」

「誠に不本意ながらな。たださすがに領主リエールの姿で動くわけにはいかない。本来の悪魔の姿を晒《さら》すのも極力避けたかった。そこでこうした」

　メキメキと変身していくグレモリアス。

　変身したのはリエールでなく、悪魔の姿でもない、二十台後半の金髪の青年の姿。

　何人かの逃げ遅れた兵士の死体を取り込んで、新しい変身形態を作りだしたらしい。

「本当にちゃんと領主やっていたんだね、グレモリアス」

「当然だろう、仕事はきっちりとこなす」

　マジ半端ない、グレモリアスさん。

「とはいえ、さすがに一人で動くのは骨が折れた。もう少し人手は欲しいところだ」

「そうは言ってもね」

　グレモリアスの場合、かなり立ち位置が特殊だからね。

　もし悪魔という素性がバレた時のことを考えると……。

「こいつで、俺の従僕を呼べばすべての問題は解決するんだがな」

「それ……まだ、残ってたの」

「ああ、一つだけな」

彼がその手に取り出したのは悪魔の召喚石だ。

領主リエールのコレクションがある地下倉庫で見つけたそうだ。

「君、よからぬ企みはしない方がいいよ、長生きしたかったらね」

「……む？」

発言に反応するように、ここまで静かだったポチが口を開く。

「君が何を企んでいるのか知らないけど、調子に乗ってメイに危害を加える真似をしたら、僕が許さないよ」

「確かに、その娘の慌てふためく様は見て飽きないだろうな」

「……ここで消されたいのかい？」

「随分野蛮だな、この世界の神の使徒は……」

グレモリアスに釘を刺すポチ。

事前にポチの素性はグレモリアスに伝えているが、グレモリアスに動揺はない。

この胆力、さすがは最高位悪魔というべきか。

「小娘一人のために神の使徒が本気で動くと？」

「必要とあればやるよ……君相手なら上にも言い訳がきく」

「ふん、お望みなら好きにすればいい。だがこの肉体は仮のものだ。我の本体は別の世界にある。

ここで消したところで、存在までは消えんぞ」

「だろうね、だから嫌いなんだ君たちは……」

淡々と語るグレモリアスに不愉快そうなポチ。

「心配せずとも、久々の人の世での肉体、得られた貴重な機会だ。それを娘一人からかう享楽のために失うのは惜しい」

淡々と呟くグレモリアス。

これ以上険悪なムードになる前に、両者の中に入ることにする私。

「心配してくれてありがとうポチ、でも大丈夫だよ」

「メイ、そうは言うけどね」

「グレモリアスのことはビジネスパートナーだと割り切っているしね」

「……パートナー、か」

「どしたの？　グレモリアス」

私の言葉に、黙り込むグレモリアス。

「やはり、娘の思考は一般的な人の感覚とずれているな、と……改めて思っただけだ」

「そうかな？」

「悪魔である我に、迷いなくパートナーと告げるのは貴様ぐらいだろう」

「人格はともかく、仕事相手として考えればグレモリアスは優秀な男だしね」

「ほほう、ほほほう……よくわかっているではないか」

気を良くしたようで、胸を張るグレモリアス。

実際、彼は色々働いてくれている。少しヨイショしてもいいだろう。

「僕は優秀だからこそ、そこの悪魔が危険だと思うんだけどねぇ」

ポチが警告したのは、私を心配したからだけじゃない。

世界の管理は神獣の役割の一つだ。その圧倒的強さゆえに動くのは本当に稀《まれ》だけどね。

神獣が環境に与える影響は大きく、基本的には傍観するスタンスだ。

しかし、ウインブル王国の魔物暴走の時に出現したインフィニティドールのように、世界の存亡に関わる生物が現れれば話は別だ。

ポチは眼前の悪魔がそれに類《たぐい》する可能性を懸念したのだろう。

「たぶん大丈夫だよ、ポチ、彼は肝心な場面で結構抜けているしね」

「……なんだと？」

聞き捨てならないといった顔のグレモリアス。

初めて出会った時、間違えて召喚者を殺してしまったりと……。

まぁ、だから今の妙な関係が生まれたわけだけど。

「ま、何かあったら、その時はその時だよ」

「やれやれ、ま、メイらしいけどさ」

どうにかなるさ、風の吹くままに……。

ポチが力を抜くと、徐々に緊張感が解けていく。

警告だけで本格的に争うつもりはなかったようだ。

その後、情報交換を行う私たち。王都で起きたことをグレモリアスに伝えていく。

領主である彼の元にも情報は入っているだろうが、詳細は現地で見た者しかわからない。

「神霊鋼と引き換えに力を貸し、結果王国は救われた、と……そんな状況でも対価を求めるのが貴様らしいな」

「タダほど、怖い物はないと思わない？」

「ふん、その点は同意する」

にやりと笑うグレモリアス、悪魔好みの返答だったらしい。

話を終えたあと、ゆっくり口を開くグレモリアス。

「改めて事情は把握した。貴様が動いた結果、王は復活し、王を陥れた王子たちは牢屋へと。手配書も取り消されたから、追手《おって》を警戒する必要もない」

「まぁ、そうだね」

「しかし、それでもやはり、悪魔である我の存在は国王に伝えなかったのだな」

「…………え？」

「あ？　おい、貴様、まさかとは思うが……」

「ふふ、ふふふ、ふふふふ……」

やばい、完全にグレモリアスのこと忘れていました。

「…………」

「うん、そんな残念な奴を見る目はやめようか、グレモリアス」

「貴様、それでよく我に抜けているだの、偉そうな言葉を発せたものだな」

誤魔化すようにポリポリと頬を掻く私。

ただ覚えていたとして、正直に悪魔との協力関係を言うべきか微妙だ。

案外、友好的になった陛下なら許してくれるかもしれない……だけど。

「人の生は短いもの、老化の呪いが解けても、どれだけ陛下の治世が続くか、わからないし」

「今後の王国への保険という意味でも悪くはない……か」

「そういうこと、そういうことです」

いざという時があるかもしれない。

グレモリアスを街に潜ませておくのは悪くない。

「そんなわけで、これからもよろしく」

「まぁ、いい……我が損をするわけでもないしな」

「助かるよ」

そんなやり取りを経たあと、今日泊る部屋へと案内される。

明日までに、北の地へ運ぶ必要物資を用意してくれるとのこと。

少し休んだあと、グレモリアスとの晩餐の席につく。

「ふぐふぐ、むぐぐ」

ポチは私の隣で、床に置かれた巨大骨付き肉に夢中だ。

「あ、悪魔の癖に生意気な。なかなか上等な食材じゃないか」

「食はこの世界に来た我の楽しみの一つだ、手は抜かない」

上品な仕草でステーキを切り分けるグレモリアス。

給仕が料理を配膳しに来るので、現在は領主リエールの姿に戻っている。

「むぐ、むぐぐ……絶妙な味付けと焼き加減だ」

「その姿を見ていると、神の使徒とは思えんな」

「うるさいね。料理とか、細かい作業が苦手なんだよ、僕は……」

手が肉球なのでポチは料理ができない。普段は仕留めた魔物の生肉を丸かじりだ。

ポチの口元がタレまみれに、でもそんな姿もラブリーだよ。

「ああ……もう、終わりか」

「そんなに気に入ったのか？」

「……別にそういうわけじゃないけどね」

「口元から涎《よだれ》をダラダラさせながら言われても、説得力は微塵もないんだが……」

苦笑するグレモリアス。気づけば肉はポチの胃袋にあっという間に消えていた。

涎で水たまりができ、このままだと床が水浸しになりそうな勢いである。

「今追加で作らせる、少し待っていろ」

「別に僕は頼んでないんだけどね」

暫《しば》し待つと、追加の料理が運ばれてくる。

「言っておくけど、この程度で君に心を許すほど、僕はちょろくないよ。君が勝手にやったんだから、そこを勘違いしないでね」

熱々のこんがり肉をポチが貪る。

「でもま、少しは認めてあげる、過去に出会った悪魔の中では大分マシなようだ。あくまで悪魔の中では……だからね。君、聞いているかい？」

「なんでもいいから、とっとと食え」

ツンデレみたいだよ、ポチ。立場上、素直に礼を言えないのはわかるけど。

そんなポチに苦笑したあと、優雅な仕草でワインに口付けるグレモリアス。

「ふむ、以前見た本に記載されていた通りだ。ボルン地方のワインは、この肉には最高に合うな」

「「……」」

満足そうに笑みを浮かべるグレモリアス。

悪魔の世界ではお腹もすかず、向こうでは退屈だったと話していた。

領主という特権を活用し、興味を持った食材をお取り寄せしている模様。

「メイ……僕さ、こいつを放置しても、大丈夫な気がしてきたよ」

「その気持ちはわかるよ」

餌付けされかけたポチが、グレモリアスを見て呟く。

その後、用意してくれた部屋で旅の疲れを癒し、朝を迎える。

必要物資をマジックバッグに詰め、私たちはリドルブを後にしたのだった。

03 帰還

グレモリアスと別れ、リドルブを出る。

ポチの背に乗り、猛スピードで大地を駆け続けて三日後。

「そろそろ、北の大地に着くよ……メイ」

さすがポチである、北の大地まで人の足では一月《ひとつき》以上かかるのに……。

「ポチが一緒に来てくれて、本当に助かったよ」

「いえいえ」

改めて、感謝の言葉を伝える。彼には何度お礼を言っても足りない。

ポチがいなかったら、王国の危機にも間に合わなかった。

「メイとの初めての旅、凄く楽しかったよ」

「ふふ、私もだよ」

色々あったが、終わってみるとあっという間だった。

旅の終わりを少しだけ、寂しく思う自分もいた。

「これから、いくらでも旅する機会はあるさ、僕はどこにだって付き合うよ、もうメイを縛るものは何もないんだからね」

「ん、そうだね」

もう、私は大聖女じゃない。自由に生きられるのだから……。

山頂を越え、一気に斜面を駆け降りていくポチ。獣人たちの集落が下に見えてきた。

王都に向かった時は何もなかったが、簡易なテントが複数設置されている。

私が留守にした一月足らずの間に、生活感が出て、立派な集落っぽくなっている。

大跳躍し、集落の空いたスペースに着地するポチ。

ドシンと豪快な音がして、一斉に獣人たちが振り向いた。

『メ、メイちゃん！』

『ポルトーチラ様！』

「ただいま、みんな」

ポチの背から降りると、一気に集まってくる獣人たち。

怪我はないか？　酷い目に遭わなかったか？　と、心配して聞いてくる。

「ギリアムさん！　メイちゃんが帰ってきたぞ！」

鍬《くわ》を持った獣人が大きな声で叫ぶと、奥のテントから出てきたのは狼おじさん。

そのまま勢いよく走ってきて……。

「久しぶりだね、狼おじ……わっ」

「嬢ちゃん！　無事で良かったああ！」

大きな手で髪をワシャワシャとされる。再会で感極まったのか、激しいスキンシップだ。

「ちょっ、か、髪が乱れるってば、やめ」

「うおおおおっ！」

ぜ、全然声が聞こえてないし。仕方なく、落ち着くのを待つことに……。

「大げさだなぁ、ポチもいるし、心配いらないって言ったじゃん」

「馬鹿！　嬢ちゃんは馬鹿！　それで簡単に割り切れるほど、俺は神経図太くねぇんだよ」

安堵したのが全身から伝わってくる。

でもまぁ実際、過去最大の王国の危機だったわけだしね。

普通の感覚で考えれば、心配するのも無理はない。

何より、目の前にいるのは、誰よりも仲間思いの狼おじさんだ。

「ポルトーチラ様も……ご帰還、お待ちしておりました」

「うん、久しぶりだね、ギリアム……変わりはなさそうだね」

「はい、アクエリオス様も色々と便宜《べんぎ》を図ってくださって……」

「そうかい、そうかい」

丁寧口調の狼おじさん、私の時と違って緊張が伝わってくる。

フェンリルであるポチは、狼の頂点に立つ存在で彼らの憧れだ。

ポチとの会話は、一般市民が王様と話しているようなものだ。

「ああ……何回見ても変わらず、力強いお姿」

「ギリアムさん、羨ましい、声をかけていただけるなんて」

そんな声があちこちから、ポチに視線が一斉集中する。

あまり見ては失礼と、その様子を見た狼おじさんが咳をした。

ハッとし、視線を逸《そ》らす獣人たち。

「向こうのテントで話をしよう、旅の疲れもあるだろう」

「……そうだね」

三角テントへと案内される私とポチ。

狼おじさんが生活する長めのテントは、大人十人は入れる大空間だ。

「私がいない間、皆の体調に変わりない？」

「心配無用だ、見ての通り元気だ」

獣人たちの顔色もいい、体調を悪くした者もいないようだ。問題なくて良かった。

お茶菓子を摘《つ》まみながら、少しずつ向こうで起きたことを語っていく。

「そうか、王子たちは捕まったのか」

「うん、国王様が復活したから、心配の種は減ったよ」

陛下に虐《しいた》げられていた獣人のことは伝えた。今後、彼らへの風当たりも変わるかもしれない。

「でも、以前の場所に戻るつもりはないんだよね？」

「ああ、悪い話じゃないが、いくら国王が変わっても、人の意識改革は数年単位じゃ無理だろう」

「まぁ……そうだね」

陛下が言っても、獣人を下に見る人間たちの感性は変わらない。

いきなり共存できるわけもない。

獣人たちが求めるのは不安を抱かずに暮らせる場所。それは人の街の近くにはない。

この北の大地を改善し、自分たちの居場所とする。

皆で相談した結果、その決意は固まったそうだ。

「再確認だが、嬢ちゃんも、俺たちと同じ考えでいいんだよな」

「うん、この地の改善に手を貸すよ」

「ありがとうな。とすると、その……ポ、ポルトーチラ様は？」

「僕はメイと一緒に行動するつもりさ」

つまり、ポチもここをベースに活動するということだ。

それを聞いて、狼おじさんは。

「我らのことはどうか、自らの手足と思って自由にお使いください、ポルトーチラ様のためならば我ら火の中水の中」

「いや、重いし、そういうのはいいから……、まずは自分たちのことを優先すること」

「わ、わかりました」

断られて残念そうな狼おじさん。役に立ちたかったようだ。

でも実際、まだ殆どのことが手探り状態で、食料生産すら出来てないわけだしね。

「そういえば……狼おじさん」

「なんだ？」

戻ってきた時に気になったことを尋ねてみる。

「鍬を持っていた人がいたよね、何をしていたの？　今、畑を作っても、あまり意味ないよね」

神獣たちと古代王国の戦争により荒廃し、精霊の消えたこの地では植物が育たない。

土壌の攪拌《かくはん》作業をしたところで、意味があるとは思えない。

「ま、駄目元で色々やろうと思ってな。嬢ちゃんが留守の間、何もしないのも、アレだったし」

狼おじさんは環境改善のために色々と調べていたようだ。

「地面深くなら、汚染の影響も多少は少ないかと思ってな。サンプルを取って調べようと……」

「うぅん、たぶん、それはかなり厳しいと思うよ、ギリアム」

「と、申しますと？」

緊張しながらポチを見る狼おじさん。

「当時の戦いの規模を考えれば、相当深く掘らないと無理だと思うよ、それこそ何千メートルって単位でね」

「それはまた、気の遠くなりそうな……」

「まぁ、アクエリオスが力を貸せば、掘削はできると思うけど、下手《へた》するとマグマ溜まりにぶちあたって、もっと酷い状況になるよ」

この地にはポチと同じ神獣であるドラゴン《アクエリオス》さんがいる。

ドラゴンさんはこの地の管理を神様たちから任されている。

環境改善のためなら、力を貸してくれると言ったが、リスクがあまりにも多すぎる。

ちなみに彼は現在、山脈の周辺を巡回中だそうだ。

瘴気の濃いこの場所では、時折危険な魔物が生まれる。

常に異常がないか、確認する必要があるのだ。

「ま、そんなことしなくても……もう大丈夫だよ」

「嬢ちゃん？」

マジックバッグをごそごそと漁る私。

報告が遅れたが、今回の遠征での戦利品をお披露目する。さぁ、刮目《かつもく》せよ。

「はい、これ……旅のお土産《みやげ》」

「なんだ、その汚い石は……」

手渡されて困った顔の狼おじさん。

苔と泥塗《まみ》れのボロボロの石、確かに見た目にはご利益がある物には思えないけど。

「嬢ちゃん、いいんだぜ、お土産なんて気にしなくても」

ポン、と私の肩に手を置く狼おじさん。

「嬢ちゃんが帰って来てくれた。それが俺にとって最高のお土産なんだ」

「気を遣ってくれるのは嬉しいけど、これ、神霊鋼だからね」

「な、何いいいぃっ？」

狼おじさんが、石の名前を聞いて目を開く。

壊れた神殿の一部を、王国と交渉して貰ってきたことを伝える。

「た、確か神霊鋼って、精霊を呼び寄せて瘴気を押さえられる石だったな。これがあれば……」

「うん、そういうこと」

きっと、前に進めるはずだ。

「さぁ狼おじさん、もっと褒めてくれていいんだよ」

「ああ、最高だぜ！　この苔の部分とか味があって最高！」

「いや、あの……褒めるのそっちじゃなくて」

ダンスを踊るようにクルクルと回転する私たちだった。

狼おじさんに身体を持ち上げられる。

「ふふふ、そうでしょう、そうでしょう」

「さすが嬢ちゃんだ！　最高だぜっ！」

冗談だと、からかうように笑う。

「はは、わかってるよ」


神霊鋼の詳しいことについては翌日、ドラゴンさんも交えてまた相談することに。

私は夕飯までの空き時間を使って……。

「気持ちいいですかぁ、お客さん」

「とてもいいよぉ……さすがメイ、僕の体をよくわかってるねぇ」

とろんとした顔のポチ。

連日走りっぱなしだったポチに、感謝の意を込めてマッサージを施していく。

ぐっぐっと肉球を押して血行を改善、指でツボを刺激したりして、筋肉の張りを解《ほぐ》していく。

「もう最高、だよぉ……ぐぅ」

「ふふ、気持ち良くて、寝ちゃったか」

瞼を閉じるポチ、寝顔もまた最高にラブリーである。

本当に今日までありがとうね、移動続きで疲れただろう。

少しでもリフレッシュしていただきたい。

「あのよ、子供もいるし、妙な会話はやめてもらえるか？」

「考えすぎだよ」

その様子を見て、狼おじさんが隣へ。

ポチはよだれを垂らしながら、気持ち良さそうに熟睡している。

マッサージを終えた私が次に取り出したのはブラシ。

地面に寝そべったポチに優しくブラッシングしていく。

こんもり地面に積まれていくポチの抜け毛。

「ポルトーチラ様は、本当に信頼してるんだなぁ、嬢ちゃんのこと」

「狼おじさん、羨ましそうだね……やってみる？」

「え？　い、いやいやいや……それはさすがに」

慌てて手を振る狼おじさん。

気づくと大勢の見物人、他の獣人たちもこっちを見ていた。

皆、ポチをブラッシングする私を羨ましそうに見ている。

「フェンリルであるポルトーチラ様は俺たち狼獣人にとって神同然、そんな方に、直接触れるなんて恐れ多すぎて、だ、だがっ、しかし……く」

疼《うず》きだす本能、葛藤は隠せないようだ。

しかし、ブラッシングを終えたタイミングでポチが目を覚ます。

ふあぁ、と大きな欠伸《あくび》をして、騒がしい周囲を鬱陶しそうに見て去っていった。

「お、起こしてしまった」

「そりゃ、こんなに注目を浴びてたら寝れないよ」

申し訳ないことをしたと、落ち込む狼おじさん。

「ポチは優しいけど、あんまりしつこいと嫌われるかもよ」

「いや、頭ではわかっているんだが、どうしても本能が……うぅむ」

全力で役に立ちたいと、奉仕したいと、本能が疼くらしい。

「皆、ポルトーチラ様が不快に思うことは極力避けよう」

「そ、そうですね」

「その姿を視界に収められるだけで、満足しないと」

反省し、相談して頷き合う獣人たち。

「メイちゃん、後片付けは僕がしておくからいいよ」

「いいの？」

「うん、疲れているでしょ」

いや、別にこのくらいなんでもないけど。

声を掛けてきた獣人は、ポチの抜けた体毛をじっと見ている。

ただ妙にその目がぎらついているような……。

「ち、ちょっと待て……お前まさか、ポルトーチラ様の毛を」

「うん、我が家の家宝にするんだ！」

「さっき迷惑かけないって、誓っただろうが」

「ほ、本人には迷惑かけてないっ！」

再び、体毛をめぐって争い合う獣人たち。

無人島でたった一人の女をめぐって争う男たちみたいだ。

円満な共同生活を送るために、最低限のルールは必要かもしれない。


抜け毛争奪戦を眺めていたら、あっという間に日が暮れた。

結局、争いの元になるので、皆の物ということになった。

無事戻ってきたポチと私の帰りを祝って、夜は派手に宴が催された。

ドンチャン騒ぎを楽しみ、気づけば翌朝に。


「ふぅ、すっきり」

贅沢に桶一杯の水でバシャバシャと顔を洗う私。

干上がった北の大地だが、水の心配はいらない。

水の神獣であるドラゴンさんが、魔法で作り出してくれるからだ。

「おはよう嬢ちゃん、朝飯出来たぞ」

身支度を整えた、丁度いいタイミングで狼おじさんが呼びに来た。

「ん、今行くよ」

「おう、にしても嬢ちゃん酒強いな。昨日あれだけ飲んでいたのに、二日酔いになってないし」

「まぁ大聖女になる前から、時々飲んでいたしね」

「へぇ……って、嬢ちゃん、今いくつだっけ？」

「ほら、ご飯いくよ、狼おじさん」

「ご、誤魔化したな、不良聖女め」

そんなやり取りとのあと、朝食を食べる。

お腹を満たしたあと、昨日の続きとなる神霊鋼の相談だ。

私と一緒にいるのは狼おじさん、ドラゴンさんとポチの合計四名だ。

他の獣人たちは別の仕事をしている。リドルブから持ってきた大量の補給物資の整理整頓、合わせて食糧庫の建築計画の相談など。

マジックバッグは所有者の魔力量に比例して収納量が増える。私の魔力は多く、荷物はいくらでも入るが、私がいないと扱えない。ゆえに、私がまた旅に出た時のことを考える必要があった。

「さて、始めますか」

とりあえずマジックバッグから神霊鋼を取り出し、地面にずらりと並べてみた。

「で……神霊鋼をどうすればいいんだ、嬢ちゃん？」

「どうすればいいのかな、ポチ？」

「どうすればいいんだい？　アクエリオス」

「………お、お前たち」

始まった言葉のリレー、あっという間に最後のバトンを渡されたドラゴンさん。

「というかポルトーチラ、お前は神獣ならもう少し知っておけ」

「僕は肉体労働で忙しいんだよ」

「労働といっても、精々数十年に一度だろうが」

やれやれと、ため息を吐くドラゴンさん。

「年中昼寝ばかりしている癖に……大体お前たちが、そんな風に好き勝手しているから、我がこの任務につくことに」

「ま、まぁまぁ……ドラゴンさん」

色々と不平不満が溜まっているようだ。まぁ、無理もないと思う。

神様に命じられたとはいえ、千年以上同じ仕事をしているわけで。

「適当に地面にばら撒《ま》くんじゃ駄目なの？」

「ああ、だとしたら、神殿にする必要はなかっただろう？」

例えば魔法陣の形にはきちんと意味がある。

それと同じように、手間をかけて建築物にすることに理由があるということか。

「前にも語ったが、神霊鋼には土地を活性化させる精霊を引き寄せ、瘴気を打ち消す神気が宿る。この神気を効率良く宿すために、神殿にする必要があったのだ」

ドラゴンさんが解説してくれる。そして、ここで当然の問題が出てくる。

「狼おじさん、神殿建てられる？」

「できると思うか？　生まれてからずっと森暮らしだぞ。木造建築ならともかく、複雑な石材の加工となるとさすがに……」

まぁ、さすがに無茶だよね。他の獣人たちも似たようなものだそうだ。

ポチとドラゴンさんは……うん、肉球とかぎ爪に器用さを求めるのは酷だろう。

「そもそも、神霊鋼は特殊素材だ。その辺の鍛冶師を捕まえても、加工は不可能だ」

ドラゴンさんが呟く。新たに発生した問題に、行き詰まる私たち。

「ねぇ、そもそもの疑問なんだけど、誰が神殿を建築したの？」

「急にどうした、嬢ちゃん？　神様が設置したって、アクエリオス様が話していただろう？」

「いや、実際に建築したのは誰かって話。トンカン、ハンマー叩いて神様が釘を打ったわけ？」

「ああ、そういうことか」

私の意図を理解する狼おじさん。大工の真似事をする神様なんて想像しにくい。

「神殿を建築したのは、当時を生きていたザウルと呼ばれる人物だ」

「ん？　それって、神匠ザウルのこと？」

「そうだ。土の神アバウムが、その加工方法を彼に伝授したとされる」

ザウルが作った強力な武器やアイテムは今でも有名だ。

元は凄腕の剣士で、どうしても自分に合う武器が見つからず、自ら作るようになり、徐々に工匠としての才能を開花させたと聞く。

「しかし、千年以上前となると、さすがに生きてはいないよなぁ」

「そうだね、狼おじさん。ウインブル王国に神殿の設計図とか、残っていないかな？」

「王国ができたのは、神殿完成から何百年と後の話だ。おそらく手がかりは残っていないだろう」

「……そっか」

ドラゴンさんが呟く。ちょっと参ったね、これは……。

「あのさ、嬢ちゃん……さっきから話を聞いていて、疑問に思ったんだが、神様に直接聞くのは、駄目なのか？」

「「「……」」」

じっと狼おじさんを見る私とポチとドラゴンさん。沈黙が数秒続いた。

「す、すまん、不敬だったか！　だ、大それたこと言って悪い、忘れてくれ！　神の使徒である神獣のお二人に、大聖女だった嬢ちゃんもいるから、なんで直接聞かないのか疑問に思って」

まぁ、まどろっこしいと思うよね。でも、ちゃんとした理由がある。

「基本、連絡が神様からなんだよね」

「……え？」

「要するに、こっちから連絡を取る手段がないんだよ」

創造神である神様たちは、遥か天空にいる。

何故、自ら作り出した地上と距離を取っているのか？　その理由はとても単純だ。

神の力は強大で、地上に降臨すれば世界に絶大な影響が出るからだ。

「我ら神の使徒は、地上に来れない神に代わる者として生み出された」

「だから僕らの存在が、この世界で存在可能な生物としては最高格なんだ」

「な、なるほど」

ポチとドラゴンさんが補足する。

だから以前、風の神様は夢の中という形で私の元に現れた。

そうした間接的な接触ですら世界に影響は出るという。

北の地の改善は神様も望んでいることだ。

いずれ助言をくれるかもしれないが、神様頼りの受け身で動くのはよろしくない。

「まぁ、取っ掛かりがまったくないわけではない。お前たちはラバウル王国を知っているか？」

「い、いえ」

「私は名前と場所くらいかな、ドラゴンさん」

確かここからずっとずっと西にある遠い国だ。

「実はあの国の祖はザウルの子孫だ」

「え、そ、そうなの？」

「ああ、ザウルが造りだした強力な武器を手に、土地を開拓し、建国したと聞く」

もしかすると、ラバウルにはザウルから過去の技術が伝わっているかもしれない。

次にやることが少し見えてきたようだ。

「ポチ、あのね」

「行ってみたいんだね、ラバウル王国？」

「うん……ただ、私一人じゃ」

どうしても、移動に時間がかかる。

また便利屋扱いみたいにして、申し訳ないけど。

「ふふ、最後まで言わないでいいよ、メイとの旅を僕が断るわけないじゃないか」

「ポチいいいいいいっ！」

感極まった私。ギュッと、もふもふボディを抱きしめる。

しかし、そこに割って入る声が……。

「いや、ラバウルにはここと繋がる転移魔法陣があるから、ポルトーチラに頼る必要はないぞ」

「て、転移魔法陣？　そんなのがあるのっ！」

「ここは古代都市の跡地だ、そういった遺物がいくつか眠っているのだ」

興奮する私に、ドラゴンさんが語る。なんともロマンの溢れる話だ。

時間があったら、発掘を楽しむのもいいかもしれない。

この世界にはいくつか、そうした魔法陣が設置されており、古代人はそれを使って世界中を旅していたそうだ。

「空気読もうよ、アクエリオス、今僕、いいこと言ったのに……」

「お前の足でも一月はかかる距離だぞ。それに、陸路だと火の神獣のいるエリアを通る」

「……え？　ほ、ほほほ、本当に……？」

「ああ、辞めておいた方がいいんじゃないか」

ポチの動きがピタリと止まる。過去にポチと火の神獣の間で何かあったのだろうか？

細かい理由は不明だが、絶対に会いたくない空気が伝わってくる。

「古代王国の遺産は、眠らせるには惜しい物も多い。使えるものは使うべきだろう」

毎回、人里離れた北の地に戻るのは大変だ。

便利な移動手段の確保は必須だとドラゴンさんが話す。

説得されて頷くポチ、二人で転移魔法陣を使うことが決定する。

「留守の間、神霊鋼はどうしようか？　ここに置いておく？」

「そうしてくれ、メイフィート。一応、あるだけでも、多少の効果はあるかもしれんしな」

「わかった」

ドラゴンさんの言う通りにし、早速出かける支度をする。

「とりあえず着替えと食糧、それからお金があればいいよね」

マジックバッグに荷物を詰め込んでいく。私が準備をしていると……。

「嬢ちゃん、何か手伝うことはあるか？」

「ありがとう、でも大丈夫だよ」

マジックバッグは殆ど荷物の制限がないから、整理する必要もなく、旅の準備は簡単だ。

狼おじさんたちはお留守番だ。

転移魔法陣の発動には魔力が必要なので、魔力のない獣人たちは使えない。

「向こうでの行動計画は考えているのか？」

言われてちょっと考えてみる。

神匠ザウルに託された神霊鋼の加工技術。後世に何らかの形で残されていればいいけど。

「情報があるとすれば子孫、可能性を考えれば王族と接触することになるか？」

「必要とあればね。ま、細かいことは着いてから全部考えるよ」

「嬢ちゃんらしい返答だな。まぁ、情報が少ないし、それしかないか」

「うん」

今の私は指名手配されているわけじゃない。いくらでも動きようはあるはずだ。

「二人とも……ちょっといいかい？」

「どうしたの、ポチ」

「ちょっとトラブルが起きてね」

狼おじさんと話をしていると、困り顔のポチがやってきた。

上空ではドラゴンさんが旋回中、二人は転移魔法陣を確認しに行ったはずだけど。

「魔法陣が、なかなか見つからないんだ」

「……え？　それって、結構まずいんじゃ……」

「うん、アクエリオスが、ボケちゃったみたいでね」

「ボ、ボケてないぞ、我は！　……確かにあの辺にあったのだ！」

ポチの発言に心外だと、叫ぶドラゴンさん。

「仕方ないだろ、何せ魔法陣が使われていたのは千年以上前だ。我も当時の詳細な記憶は覚えていない」

ここは草木一本ない不毛の大地だ。目印となるものがない。

ドラゴンさんの距離感が狂うのも仕方ないとは思う。

「おそらく、土埃に埋もれているはずだが……」

「よろしければ、仲間に声をかけて、総出で探しましょうか？」

「おお、ギリアム、助かるぞ」

結局、獣人たちの手を借りて人海戦術で探すことに。

数の力は大きく、無事夕方に魔法陣が発見された。どうなるかと思ったが、一安心。

そして翌日、出発の時間がやってきた。

私の眼前には直径三メートル程度の魔法陣がある。複雑な幾何学模様、専門が光魔法の私には詳細は不明だが、見る人が見れば凄い価値があるのだろう。

ドラゴンさんの説明だと、中央に立って陣に魔力を注ぎこむと起動するらしい。

「嬢ちゃん、忘れ物はないか？　ハンカチは持ったか？　お金は十分に持ったか？」

「大丈夫だよ、狼おじさん。全部マジックバッグに詰めてあるから……」

色々と確認する狼おじさん。都会に行く娘を心配する父親のようだ。

「そうだよな、マジックバッグがあるんだものな」

「うん、マジックバッグがあるからね」

マジックバッグの宣伝染みた会話をしていると、出発の時間になった。

「それじゃあ、行こうかメイ」

「うん、皆……行ってくるね」

どきどきしながら、魔法陣の上に立つ私とポチ。

「体に気をつけろよ、嬢ちゃん！」

「メイちゃん！　元気でね！」

「ポルトーチラ様、お戻りをお待ちしております」

皆に手を振ったあと、魔法陣へと魔力を注ぎ込んでいく。

緊張しながら転移現象を待つ。数秒後、魔法陣が淡く光り、周囲の景色が揺らぎ始めた。

足元から感じる浮遊感、いよいよ転移が始まったみたいだ。

ここまでは順調に思えたのだが……。

「……え？」

次の瞬間、ぴしり、と一瞬走る空間の亀裂。

その現象に若干の不快感を覚えた。

「メ、メイっ！」

何やら隣のポチが叫んでいたが、声がはっきり聞こえない。

ゆらめく視界、最後に見たのは慌てふためく皆の姿だった。


「「「「……」」」」

メイフィートが北の地を去ったあと。

皆の視線はある一点へと、注がれていた。

「ああ、あああ……メイっ」

そこには何故か一人取り残されたポチの姿。

「な、なんで嬢ちゃん一人だけが、消えてしまったんだ？」

「なんか、空間に変な亀裂が走らなかった？」

戸惑うギリアムや獣人たち、思案するアクエリオス。

「一応、魔法陣は起動したようだが、魔法陣は古代人が制作したもの、神獣用には作られていないのだろうか？」

「た、淡々と言っている場合じゃないでしょ、アクエリオス！　メイがたった一人でっ！」

メイフィートを心配して叫ぶポチ。

「パパ、メイお姉ちゃん……一人で大丈夫かなぁ」

「だ、大丈夫さ、たぶん……な」

不安そうにギリアムの娘であるルーフィが呟く。

心配させまいと、頭を優しく撫でるギリアム。

「嬢ちゃんは逞しい、今回は準備も完璧だ、森で飢えて倒れることにはならない。万が一の非常食も入っているし」

「よかった。ん、パパ……なんかあそこに落ちてるよ？」

魔法陣の上を指さすルーフィ。そこにぽつんと置かれていたのは……。

「げ！　あれ、マジックバッグじゃねえか！」

「「「「なんだって！」」」」

その声に皆が騒ぎ出す。慌ててバッグを拾い上げるギリアム。

「ふむ、同じ空間魔法同士が干渉して反発現象が起きたのかもしれんな」

「さっきから何、他人事みたいに言ってるんだい、アクエリオス！　転移魔法陣の言い出しっぺは君だってわかってる？　反省しなよ」

「……それは、うぐ」

「お、お二人とも落ち着いて……」

ギリアムが慌てて仲裁に入る。

「と、とにかく、急いでこのバッグをメイに届けないと」

「どうやってだ？」

「それは、それ、は……」

神獣は弾かれてしまい、魔力の無い獣人たちは魔法陣を起動できない。

このメンバーでは届ける手段がなく、呆然とするポチ。

「し、心配するな、ポルトーチラ！　向こうの魔法陣を起動すればすぐに戻れる。メイフィートもバッグがないことにはすぐ気づくはずだ」

「そう、あってほしいけどね……なんか嫌な予感がするんだよね」

アクエリアスのフォローにも浮かない顔のポチ。

魔法陣の前で待機し続けるが、どれだけ経ってもメイフィートが戻って来る気配はなく。

ただ、時間だけが流れていくのだった。

「なんで、こうなるかなぁ……」

私は鬱蒼と生い茂る森の中で呆然としていた。

北の地で、皆に見守られて転移魔法陣を発動させ、私はこの大自然の中へ。

転移するのは、ラバウルの王都近郊の森の中と、ドラゴンさんから聞いていたので、そこまではよかったのだが……。

ポチがいない。寂しいことに私一人きり、それに……。

（マジックバッグがないんですけど）

急ぎ、魔法陣の周辺を確認したが見つからない、ちゃんと肩にかけていたのに。

何かの事故で北の地に残された可能性を考え、こちらの魔法陣を発動させ、戻ろうとするが。

（うう……駄目か、やっぱり）

魔法陣は動かない。魔力を流すと一瞬淡く光るが、光は途中で霧散してしまう。

ハッキリ言って原因は不明、なんとも困った。

専門家じゃないので、修理方法などわかるはずもない。

マジックバッグには必要な物を全部詰めてきたので、現在の私は所持品一つない。

一人なのが余計に不安を感じさせ、泣きたくなる。

今度からお財布ぐらいは二つに分けよう。便利過ぎるアイテムは紛失した時の衝撃がでかい。

とりあえず、ここにいてもしょうがない、行動しよう。

時刻はまだ午前中だ。なんとか夕方前に寝泊りできる場所は探したい。

やれやれだ、私の旅はいつもスタートが悪い。


土地勘のない場所、遮二無二《しゃにむに》進んでも遭難しそうだ。

木に登ることにしよう。上からなら何か見つけられるかもしれない。

支援魔法をかけて、木の天辺へとよじ登る。虫の気分だ。

高い場所からぐるりと周辺を見渡す。

とにかく木が多く、樹海といって差し支えない場所だった。

「……お、あれは」

人の気配がするモノがないか探していると、空へと、もくもくと上がる煙を発見。

煙の根元に視線を送ると、木造の建物が木々の隙間に小さく見えた。

とりあえず、あそこに行ってみよう。運が良ければ人と会えるかもしれない。

(離れる前に魔法陣は隠しておこうか)

魔法陣は北の地と同様に土を被っていた。

おそらく、人目につかないまま眠っていたのだろう。

もしかすると、陣を修復できる可能性もあるかもしれない。

その前に、誰かに悪戯されたら戻れなくなる。

発見した建物に向かって歩いていく。

ラバウルの近くには来ているはずだけど。王都は木の上からは確認できなかった。

さすがに転移には失敗していない、よね？

そうして、不安になりながら十分ほど森の中を進むと……。

「……うん？」

かすかな魔力の気配。精緻に展開された魔力感知結界だ。

触れた時に、術者が気づけるように張られるものだ。

結界は私が見逃してしまうほど、上手に隠蔽されていた。

見事なものだ、と、私が冷静に分析していると……。

「この森に侵入者とは……」

どこかから声がして、木々が蠢《うごめ》きだす。

周りの木々が、この身に向かって一斉に蔓《つる》を伸ばしてきた。

拘束しようとする蔓を、私は手でビシバシと弾いていく。

このままだとキリがなさそうなので、防御結界を張っておこう。

半透明の結界を這うように蠢く大量の蔓たち。

きっと外からはミノムシみたいに見えているんだろうな。

「やはり念のために結界を張っておいて正解だったな。どこかから噂をかぎつけたか？　さすがに偶然とは思えないけど」

「いや……偶然だよ、偶然」

「なっ！」

防御結界を一気に膨らませ、その勢いで視界を遮断していた蔓を外側へと弾き飛ばす。

視界が良好になり、前にいたのは黒髪黒目の若い男だった。

私と年は変わらない、身長は百七十ちょいくらい。

上に真っ白な白衣、下は黒ズボン、顔には眼鏡をかけている。

漂う知的な雰囲気、いかにも研究者といった風貌である。

「その格好は白魔導士か、それもこの量の蔓を防ぐとなると、相当な手練れのようだね」

「………」

男が警戒しながら淡々と呟く。直後、浮かび上がる水の玉。

「ちょ、ちょっと待って……話を」

高速で射出される水の玉。こちらには交戦の意志はまったくないというのに。

防御結界により弾かれていく魔法攻撃だが……。

「この程度じゃ駄目か、ならば！　見せてやる！」

「いや、ならばじゃなくて、攻撃を中断していただけると」

こ、困ったなぁ。不法侵入したのはこっちだし、あんまり乱暴な真似《まね》はできない。

男は白衣の中に掛けていたバッグに手を突っ込んだ。

その中から液体が入った長さ二十センチくらいの瓶を取り出し、地面に放り投げた。

二つ、三つ、四つ、五つ、と同じ動作を繰り返す。たくさんの瓶が地面に。

ちょっと多くない？　非常識な光景に唖然としていると、男は次のアクションにはいる。

先程の水球を作りだし、地面の瓶を纏《まと》めて叩き割る。

直後、地面が振動を始め、土が集まり人の形になっていく。

あの液体と土を混合させ、ゴーレムを生成したようだ。

男がぱちんと指を鳴らすと、五体のゴーレムが襲いかかってくる。

後ろに飛んで跳躍、ゴーレムから逃げる私。

「結界だけじゃなく、自己強化も得意のようだな」

「まぁね、女の一人旅、色々備えておくもんだよ」

しかし、避けても避けてもゴーレムは襲ってくる。

「大したものだ、だけど……そこはまずいんじゃないか？」

「……ん？」

新しいゴーレムが私の背後の地面に突如作成される。

ゴーレムの太い泥腕に、私は両足を掴まれてしまう。

「僕を舐め過ぎたね」

「凄いね、遠隔でも生成できるんだ」

そのまま他のゴーレムもやって来て手足を押さえつけられる私。

あっという間に捕まってしまった。

「これで君は動けない」

「そうだね、安心してくれたなら、話をしない？　不法侵入したのは謝るからさ」

私なら脱出は簡単だけど、戦う意志がないことを証明するために大人しくする。

「話？　勘違いしているようだね、これから始まるのは尋問だ」

「このタイミングで来たってことは、君があの家の主《あるじ》ということでいいんだよね？」

「さっきから……なんなんだ、君？」

　じっと私を見る男。

「難しい問題だ。僕はどう判断すればいいのだろうな、ゴーレムに捕まったこの絶望的状況でも平静な君は、よほどの自信家か、愚か者か……さて、どっちだ？」

「その二つは共存するよ、自信があるから、人は愚かにもなるんだよ」

「それを、自分で言っちゃ駄目だと思うけどね」

　私の返答に、男が溜息を吐いていた。

「私に敵意はないよ、君を害するつもりは一切ない」

「この場所は人の立ち入れない場所にある。君がいるだけで異常なんだ。十分警戒に値する」

「……ふむ」

「正直に話してもらう、言わなければ、そのゴーレムがその細腕をねじ切ると思いなよ」

　白衣を着た男はくいっと、中指で眼鏡を上げた。

「いいよね、眼鏡の位置を直す仕草って……私好き、なんでか知的に見える」

「君、僕が乱暴な真似をしないと思ってる？」

「さぁ、でも殺すつもりなら、こんな問答はしないでしょ」

「生かすのは、ただの興味本位だ。何故ここに来れたのか、知っておかないとね」

　スッと目を細める男。返答次第では本当にするぞ、と脅してくる。

「私は遥か遠いところから、ここにやって来たんだ」

「最初から胡散《うさん》臭さ全開な語りだな」

そう言われても困る。こればかりは信じてもらうしかない。

「証明できるものはあるかい？」

「途中で荷物を全部なくしてしまったんだよね」

「……話にならないな」

私の素性を証明できるものは何もない。

私の荷物はマジックバッグの中に全部詰めてあるし……。

一応、話を証明する方法は一つあるのだが、どうしたものか？

「さっき見た君のバッグ、空間魔法がかけられてる？」

「なんだ、突然？」

急な問いを受け、眉間に皺《しわ》を寄せる白衣の男。

あの大量の瓶が中に入るわけがない。

空間魔法が付与され、私のバッグと同様の性能になっているはずだ。

「驚いたよ、それは君が作ったの？」

「ふん、だとしたらなんだ？」

やっぱりそうか。だったら……。

「私に、もう少し貴方のことを教えてくれるかな？」

「は、僕の……こと？」

目を大きく開く眼鏡男。

「魔法に詳しいみたいだし、返答次第ではもう少しこっちのことを教えてあげてもいい」

「何故君が、会話の主導権を握ろうとする」

質問に質問で返すという、ふざけた行為。

何様だと言われても不思議じゃないが……おや？

「……ふむ」

悩み始める男。理由はわからないが、この質問で警戒が少し緩んだ気がした。

転移魔法陣は素人《しろうと》目には何の陣か不明だが、彼は空間魔法に詳しそうだ。

見れば話が嘘でないと気づいてくれるかも……。

情報提供にリスクはあるが、正直、陣の修復は私一人では不可能だ。

彼の協力が得られれば、北の大地に戻れるかもしれないという、計算もあった。

「僕は錬金術師だ。ここは僕の隠れ家でね、地下には研究施設がある」

「おお、本当に素直に教えてくれた」

「そっちが聞いたのだろうに……」

やれやれとため息を吐く男。だからこその防犯用の感知結界か。

彼は私が秘蔵の研究資料を狙って来たのではないかと、疑っていたようだ。

「僕は答えたぞ、今度はそっちの話だ」

「そうだね……実は私、転移魔法陣でここに来たんだ」

「……は？　て、転移？　何言って？」

白衣の男は目をパチクリさせた。そんなリアクションになるよね。

「馬鹿を言うな、眉唾すぎる。転移魔法陣は超希少な古代遺産だぞ、世界にも数個しか確認されていない。そんなものが、そうあるわけ……」

「あるんだよ、それが……案内するから来てくれると嬉しい」

「そう言って、脱出の機会を狙っているんじゃないだろうね？」

「だったら、両手はゴーレムで拘束したままでいいよ」

「……ち、仕方ないな、嘘だったら覚悟しておきなよ」

「君さぁ、疑ってばかりじゃ世の中楽しくないよ」

「この世は綺麗にできていない、疑うくらいで丁度いいんだ」

まぁ……否定はしないけどね。

まるで罪人を連行するように、ゴーレムに腕を掴まれながら歩く私。

先程通った道の逆を辿《たど》り、目的地へ。

「ここだよ」

「何もないぞ、君……やはり嘘を」

男が私を睨んでくる。

「結論を急がないで、そこの地面を払ってみて」

「……む」

半信半疑だったが、私の指定した場所を足で払うと。

「う、ううう、嘘だろう？」

そこから出てきた転移魔法陣を見て、唖然とする男。

「ね、本当だったでしょ」

「ち、ちち、ちょっと待ってくれ……今、全体の確認をするから」

興奮しながら被せた土を払っていく。

全体像が露《あらわ》になった陣の前にしゃがみ込み、概要を確認する。

「な、なんという複雑な魔法陣、この部分は空間位相の制御図形か？」

ぶつぶつと呟き、頭を整理する男。邪魔をしないように私は背後で見守る。

それから十五分が過ぎ。

「転移魔法陣だ。し、信じられない、事実だったとは……こんなものが森の中に眠っていたとは！　こんなものに巡り合えるとは、なんという幸運だ！　あははははっ！」

「私の話が嘘じゃないってわかってくれた？」

「ああ！　驚いた！　素晴らしい、実に素晴らしい！　あはははっ！」

発見の喜びからか、興奮した声を出す男。

その後、ゴーレムの腕を解いて、私を自由にしてくれた。


彼は、その後も魔法陣の調査を継続したそうだったが、どんよりと空が曇りだした。

もう少し時間が経てば、降ってきそうだ。

「仕方ない、一度家へと戻るか」

「私も一緒に行っていい？」

「来るのは構わないけど、地下施設には絶対に入れさせないよ」

「問題ないよ、今は雨宿りできるだけでありがたいしね……ありがとう眼鏡君」

「ちょっと待って、それ、僕のこと？」

「他に誰がいると？」

「………」

あだ名付けたら、微妙な顔をされた。

「だって名前わかんないんだもの、教えてくれたら、ちゃんと呼ぶよ」

「いいよ、もう、勝手に呼んでくれ」

「じゃあ、そう呼ぶね」

諦めたように眼鏡君が答えた。名乗りたくはないのだろう。

こんなところで一人研究してるのだから、訳アリな感じはする。

小屋へと戻ると、眼鏡君が紅茶を沸かしてくれた。

設置されたテーブルに、眼鏡君と私で左右に分かれて座る。

木の椅子に座り、紅茶を飲むと雨で冷えた身体が温まった。

「さて……せっかくだ、君のことをもう少し聞かせてもらおうか」

「うん」

基本は正直に、ただ私の細かい素性については適当だ。

偶然、荒野を歩いていたら、転移魔法陣が発動したことにしておく。

「なるほど……そして気づいたら、森の中にいたと」

「信じてくれて、本当に良かったよ」

「さすがに、実物を見せられたらね」

北の地のことや、私が元大聖女であることは、話すとややこしくなるので伏せた。

眼鏡君は興味深そうに話を聞いており、今度は否定から入られることはなかった。

「ところで、今更なんだけど、ここはどこ？」

「そうか、場所もわからないんだったな」

事前に予想はできているが、それを言うと陣の起動が偶然ではないと怪しまれるので、質問してみた。

話を聞いた結果、ここはラバウル王国の王都ニュクタットの近郊にある森だと判明した。

王都まで徒歩で二時間程度とそこまで遠くない。

どうやら転移は成功していたようで、ちょっと安心した。

「しかし、ウインブル王国とは……遥か向こうの大陸だ。帰るのに半年以上はかかるよ」

「そう……なんだよね」

とにかく距離があるから、転移魔法陣を使いたい。

「どうかな？　……魔法陣は直せそう？」

「もう少し解析してみないとわからないな。興味はあるし、協力したいのは山々だが、僕は今別の研究も進めていてね。適宜《てきぎ》時間が空いた時に進めていく形になる、それでも構わないなら協力しよう」

「勿論《もちろん》、できる範囲でいいよ」

私一人じゃどうしようもなかったしね。その間、こちらでやることもある。

魔法陣が直るまでの間、ザウルの残した技術の調査をする。

「とりあえず私、王都を目指したいんだけど」

「別に、好きにすればいいが、どうやって入るつもり？」

「門からだよ」

「子供の答えか。君、入街料も払えない一文なしだろ」

小馬鹿にしたように眼鏡君。そういえば、そうだ。

「仕方ない、僕があげるよ」

「いや、いいよ、そういうのは……」

「興味深いモノを見せてくれた礼だよ」

でも、今日会ったばかりで変な借りを作りたくない。

「せめて、貸しにしておいて、陣の修復は私がお願いするんだから」

「拘《こだわ》るね、まぁ、僕はどっちでも構わないけど……」

話を終えると外は大雨になっていた。今日一日、止《や》む気配はなさそうだ。

「今日はここに泊まっていってもいいよ、毛布ぐらいは貸そう」

「いいの？」

「この雨の中、放り出すわけにもいかないだろ」

その後、彼はわざわざ晩ご飯まで用意してくれた。

食事を一緒にとる。メニューは牛肉の入った暖かいシチューだ。

「ごめんね、何から何まで……ご馳走になって」

「昨日の残りだ、気にしないでいい」

「良かったよ、一時はどうなることかと思ったから……」

少しひねくれた感じはあるが、なんだかんだ親身だ。

善人とは言えないが、悪い人ではないのかもしれない。

「しかしウインブル王国に繋がる魔法陣とは……またなんの因果だろうね」

食後の紅茶を飲みながら、ぽつりと眼鏡君が呟いた。

まるで昔を懐かしむような顔で、感慨深そうに……。

「もしかして君、行ったことがあるの？」

「七年くらい前に一度ね。向こうは今、どんな感じだい？」

「つい最近、至るところで魔物暴走《スタンピード》が起きたね」

「ふぅん……て、そんな世間話のついでに言うような話？」

「事実だからねぇ」

唖然とする眼鏡君。

「そ、それでどうなったんだい？」

「一応収束の目途《めど》はたったよ、聖女たちの頑張りによって、大きな被害もなくね」

「そ、そうか」

安心した顔を浮かべる眼鏡君、その反応が少し気になった。

「知り合いでもいるの？」

「一応ね。昔一度会っただけで、彼女は僕のことなんて覚えていないだろうけどね」

「ふぅん、どんな子なの？」

「そうだね、気分屋で、風のように摑みどころがなく周囲を巻き込む、自由の二文字が似合う子だったよ」

「……へぇ」

「最初見た時は老人に殴り掛かっていたね」

「じ、自由すぎでしょ、縁切った方がいいんじゃないの、その子……絶対やばいって」

　あんまり人格は良くないね。正直私は、お近づきにはなりたくない。

「君も似ている部分は結構あると思うけどね」

「し、失礼だね、勘弁してよ」

「ははは」

　からかうように眼鏡君が笑った。

「でも、恰好良かったんだよ、僕にとってはね」

「そっか、まぁ、そんな子なら心配いらないね。きっと逞しく生きているはずだよ」

「そう、だね」

　そうして二人で話をしていると、眠くなってきた。

　毛布にくるまり、小屋に泊まって翌日。

「朝ごはんまでご馳走になって悪いね」

「今更だろう？　用事があればまた来い。ただ……僕と会っていることは誰にも言うな。来る時も後ろを付けられないように」

「あいあい」

何度も念を押される、それだけ大事なことなのだろう。

「有名なの……君？」

「知らない方がいいこともある」

知っておけば覚悟できることもあると思うんだけどね。

まぁ、こっちも隠し事はしているし、追及はしないでおこう。

眼鏡君に礼を言って王都へと向かったのだった。

3 王都ニュクタット

眼鏡君と別れ、森の中を歩いて王都ニュクタットへと向かう。

一時は焦ったが、どうにか目的地の王都までは行けそうだ。

魔法陣が起動しなくなったが、修復の可能性はできた。

空間魔法に詳しい人物なんて、そう会えるものじゃない。

運が悪いのか、いいのか……なんとも複雑だ。

向こうに着いたら、お金を返すために急いで仕事を探そう。

私が誇れるのはやはりこの徹底的に磨き上げた光魔法、となれば……無難に冒険者かな。

冒険者の仕事は魔物討伐や、素材の採取、商隊の護衛など、その内容は多岐《たき》にわたる。

誰でもなれる反面、仕事によっては危険度も高い。

まぁ、ずっと続けるつもりもないし、最低限生活できるお金が稼げればそれでいい。

辺境の国のラバウルは、聖女や神殿との関わりがそこまで強くない。

この世界には火、水、土、風の四つの神殿があり、聖女はそのいずれかに所属しているが、ラバウル王国はいずれの神殿とも距離がある。

恰好も白魔導士のローブだし、私が風の大聖女だとわかる者はそういないだろう。

多少は派手な活躍をしても、問題はないはずだ。

とまぁ、色々考えながら歩き、二時間後。目的地の王都が見えてきた。

王都は大きな石の城壁で囲まれており、大きな鉄の門からは商人や旅人が出入りしている。

入街料を支払い、無事に中へ。

門をくぐると、一気に聞こえてくる人々の喧噪《けんそう》、活気ある街の様子が目に映る。

いい、とてもいいね。異国への旅、未知の光景に心が躍る。

神匠ザウルの子孫を開祖とするラバウル王国。

主に鍛冶師が多く、自然豊かな近くの山脈で取れる鉄や鉱石などの加工品の輸出が、主な国の産業だと、昨日眼鏡君が話していた。

高い技術力が活《い》かされているのは、装備品だけじゃない。

この大通りが一つの例だ。歪みなく、きっちり整地された石畳。

地味に見えるが、他国では真似できない技術力だ。

「白ローブの姉ちゃん、そこ邪魔になるから、端《はし》にどきな」

「うん？」

足元を見ていると、横にいた通行人のおじさんに注意された。

暫《しば》し待つと、立派な馬に引かれた大きな馬車が背後からやってきた。

馬車の傍には、金属鎧を着た兵たち。

おじさんは貴族の馬車が通るので、道を開けた方がいいと忠告してくれたようだ。

馬車の邪魔をすると、不敬罪に問われることもあるからね。

「もういいかな」

「待て……まだ来るみたいだ」

次の馬車が来て、通り過ぎるのを待つ。

それから五分ほど待ち、ようやく道の真ん中を通れるようになる。

「最初のはバスカル公爵の家紋だな、その後ろはメイナー子爵家だ」

「なるほどね」

頷いたけど、さっぱりわからない。遠方の貴族の名前までは把握してないよ。

注意してくれたおじさんにお礼を言って、私は別れた。

冒険者ギルドに行く前に、お昼でお腹が空いたので、露店で熱々の串肉を購入する。

濃い味付けのタレが胃を刺激する。ジャンクな味がいい。

お腹を満たしたあとは、予定通り、仕事探しに冒険者ギルドへと向かう。

ギルドが忙しいのは朝なので、人はそんなに多くなかった。

入口で並んでいるのは数人ほど、少し待てば手続きの順番が来そうだ。

時間潰しに適当に周囲を見回すと、壁に掛けられた大きな絵画が目に留まる。

(なんだろう……あの絵)

立派な剣を持った勇敢な戦士が、三つの頭を持つ獣と戦っている。

隣の解説文を見るに、当時の国王が神匠ザウルの武器を片手に、配下たちとケルベロスと戦う場面を描いたものらしい。

この国で二百年前に起きた出来事のようだ。

ぼんやり絵を見ていると自分の番になり、受付へと通される。

「本日のご用件はなんでしょう？」

「冒険者の登録をお願いしたいです」

「畏《かしこ》まりました、それではこの紙にご記入を……」

スムーズに話が進み、登録用紙に記入する。

名前は本名のメイフィートでなくメイにしておこう。偽名はトラブル防止のためだ。

記入を終え、受付嬢の説明を聞く。冒険者には上からSからFまでランクがあり、私は一番低いFからスタートするとか、失敗した時の罰則だとか。

大事な部分だけ口頭で、細かい部分が知りたければ受付横の規則本を読んでくれだそうだ。

「白魔導士ですか、ランクが低くても回復役は需要もありますし、よければ相性のいいパーティを斡旋《あっせん》しましょうか？」

「提案ありがとう、でも……一人でいいよ」

「え？　さすがにそれは……」

戸惑った顔を浮かべる受付嬢。通常、白魔導士といえば支援、回復が主の補助職だ。

ソロには向かないが、私は普通の白魔導士じゃない。一人でも問題なく戦える。

ただそれを正直に言うと、自惚《うぬぼ》れているとか反感を買いそうなので。

「いつまで、ラバウルに滞在するかわからないんだ。危険な依頼を受ける時とか、もし必要なら、その時にお願いする形で」

「なるほど、そういうことですか……でも、あまり無茶はしないでくださいね」

「ん、ありがと」

心配してくれる受付嬢さん。いい人だ。

「あ、受付嬢さん、ちょっと気になったことを聞いていいかな？」

「なんでしょう？」

「私、遠いとこから王都に来たんだけど、たくさんの馬車を見たんだ。普段からこうなの？」

それに、少し空気がピリピリしており、徘徊している兵士の数も多かった。

「近日中に二人の王子様と王女様の生誕祭があるんですよ。王国の貴族たちが一斉に集まるので、兵士もその警備の都合で……」

「え、三人同時なの？」

「三つ子なので、それもあって生誕祭は派手に祝うんです」

王子が二人と王女が一人で、今年で三人は十八歳になるそうだ。

「三つ子の王族はどんな人なの？」

「王女のリーチェ姫殿下は、その凄まじい剣の腕で、若くして銀騎士団の隊長を務めております。その美しさから民衆の間でもファンは多く、戦乙女《いくさおとめ》と呼ばれているんですよ」

「……へぇ」

「第二王子のルーク殿下は王国一の天才と呼ばれ、その類まれなる頭脳から生まれた発明品で国を豊かにしました」

「し、しました？」

なんで過去形なのだろう。

「昔は再生紙を使った安価な魔法スクロールの開発研究など、人々の役に立つ研究をしていたのですが、最近は何をしているのか、よくわかっていないんです。元々公《おおやけ》に姿を現す機会も少ないですし、リーチェ様もそんなルーク殿下をあまりよく思っていないとか」

「ふぅん、第一王子様は？」

「ヘンリー殿下は、次期王位継承者であり、民を思いやるお優しい方です。これは噂なんですが、今回の生誕祭で殿下の婚約者を探すとか」

「これから婚約者探しか……今年で十八だよね、王族にしては少し遅いね」

「他国と比べると、そうかもしれませんね」

ラバウルでは昔からそういう風習らしい。

まぁ、ウインブル王国のアホ殿下も、私の追放事件を起こすまで婚約者を決めていなかったが……。

あれは女遊びだとか、色々問題のある人物だったしね。

とりあえず、冒険者登録も終わったので適当に仕事を受けた。
内容はとても無難な、初心者向けの薬草採取だ。
報酬は少ないが、王都近郊の森で大した魔物も現れない。
外を散歩しながらの方が考えは纏まりやすいし、宿代にはなりそうだしね。
薬草の群生地には特に苦労なく辿り着いた。
「懐かしいな、こういうの……」
根っこから丁寧に草を抜いていく。ふと、昔やらされた神殿掃除を思い出す。
割といい加減な私は、中途半端に雑草を抜いて婆さんに叱られた。
きちんと抜かないと、何度でも生えてくるとか、うんたらかんたら……。
生命を大切にしてこそ聖女だと思うんだけどね。
（しかし、この先どうしよう）
昔を懐かしみ、薬草採取をしながら考える。
今日はいいが、こんな仕事をずっと続けていても、目的は果たせない。
誰か相談する相手でもいれば……ん？
「……あ、あああっ！」

そうだ！　私には念話があったじゃないか。

グレモリアスと連絡が取れれば……、なんでこんな簡単なことを思いつかないんだ。

「えぇと、リドルブはどっちだっけ？」

見えた光明、急ぎ念話を試すことにする。

失敗したので何度も方角を変えて試す、しかし……成功しない。

「だ、駄目だ……あれ？　全然繋がらない」

距離が遠すぎるのか？　それとも別の原因があるのか？

せっかく、希望が見えたと思ったのに……おのれ。

溜息を吐き、がっくりと肩を落とした……そんな時だった。

「……ん？」

苦悩する私の背後で気配がしたのは……。

強烈な血の臭いがして、魔物かと思って私が後ろを向くと。

「……ぐふっ！」

バタリと大きな音をたて、草むらに倒れ伏す若い騎士。

「ごふ、お、俺も……ここまでか。申し訳ありません、お許しください、姫様……私は先に逝《ゆ》きます。貴方へのこの思い、秘めたまま」

銀の鎧は血だらけで今にも死にそうだ。腹部には大きな切り傷、肌は赤黒く腐食している。

このへん、危険な魔物はいないって話じゃなかった？

なんでこんなに傷だらけなの？　と、疑問に思っていると再び気配がした。

ズシン、ズシンと大きな足音。

「え？　デュラハン？」

首無し騎士と呼ばれるアンデッド、かなり危険な魔物だったはずだけど。

少なくとも、こんな低ランク初心者が赴く、薬草採取の場にいていい魔物じゃない。

私にとってはかなり見慣れた存在ではあるのだが……。

まぁ……放置もなんなので、とりあえず、倒しておこう。

アンデッドに有効な【聖なる火《セイントファイア》】を発動。

青い炎がデュラハンを焼き尽くすと、ぽつんと大きな剣だけが残った。

なかなかいい剣、高く売れそうだ……ラッキー。

「だ、誰、か……そこに、いるのか？」

「と、そうだった」

今にも消えそうな騎士の声。デュラハンのインパクトが強くて忘れていた。

私は倒れた騎士の隣へと歩いていく。

「いるよ、君の隣に」

「で、伝言を……姫様、に」

最後の力を振り絞り、血まみれの口を動かす騎士。

「ねく……あ、ご、きをづ……ぐ、ごほっ、がはっ！」

「…………」

「た、頼んだぞ、ぐふっ」

「君、なかなかの無茶を言うね」

何を言っているか、さっぱりわからん。

「自分で行きなよ、治してあげるから」

回復魔法を展開し、騎士の傷を治してあげることにした。

騎士はぱちりと目を大きく開け。

「な、ななな、治ってる！」

「良かったね」

「し、死ぬかと思ったのに……なんという回復魔法だ」

立ち上がり、驚いた顔で手足を見る。

「そ、そうだ君、遠くに離れた方がいい、デュラハンが俺を追ってきているのだ！」

「そうなんだね」

さっきのデュラハンはそれか。

「そうなんだね……じゃなくて、急いでここを……ん？」

地面に落ちた大剣に気づく騎士。

「あ、あれは、デュラハンの……まさか」

「心配せずとも倒したよ、安心していい」

「Aランクモンスターのデュラハンを？　君が一人で？　嘘だろう？」

「そこの剣が証拠でしょ」

「…………た、確かに、凄いのだな、見かけによらず」

唖然とする騎士。

「すまないが、この剣、私が預かっていいだろうか？」

「……え」

この後、売るつもりだったのに。お金がないから困るんだけど。

「剣があれば報告の信憑性が増す。後日、別の形で礼をするから！」

「持ち逃げしたら許さないよ」

「命の恩人にそんな真似はしない！」

嘘をついている感じもしないし、いいか。

「君は冒険者か？　名前は？」

「メイ、冒険者だよ」

「本当に助かった、この恩は忘れない。今は急いでいるのでここを去るが、必ず会いにいくから」

そう言い、元気になった騎士は剣を抱えて走っていった。

彼を見送った後、二時間ほど薬草採取を続け、必要量を集め終えた私は街へと戻る。

ギルドで完了報告を済ませ、少しばかりの報酬を受け取ったあと。

隣接した酒場で夕食をとる。周りは人だらけだ。

仕事終わりの冒険者が楽しそうに話している。

なんか、ちょっと寂しい。ポチや狼おじさんに無性に会いたくなった。

「……皆、今頃心配しているんだろうなぁ」

なんとか、向こうと連絡を取る手段があれば……。グレモリアスとの念話は失敗したし。

歯がゆいが、眼鏡君に転移魔法陣の修理をお任せするしかない。

前を向いて、自分にできることをやっていこう。

神霊鋼を加工するための情報の入手に、頭を切り替える。

どこから手を付けるべきか。神霊鋼の秘密はポチたち神獣しか知らなかったことだ。

住民に聞き込みしたくらいでわかるとは思えない。

神匠ザウルと関係の深い人物。子孫であるこの国の王族に話を聞くのが手っ取り早そうだ。

しかし、今の私はただの白魔導士だ。王族と接触なんて簡単なことじゃない。

「……そういえば」

さっき助けた騎士さん、姫様がどうこう言っていたね。

適当に理由を付けて、一緒に行けばお姫様と接触できたかも、ちょっと失敗したな。

そんなことを考えていると……。

「そこの姉ちゃん、一人じゃ寂しいだろ、俺と一緒に飲もうぜ」

「生憎《あいにく》、下心満載の方はちょっと……」

気安く肩に触れられる。寂しいが誰でもいいわけじゃない。

「おおん、Bランク冒険者である、このバベル様の誘いを断るってのか？」

「もう、酒臭いなぁ……」

痛い目をみないうちに消えた方がいいよ、と、言おうとしたところで……。

「あのフードを被った白ローブの子でいいのですか？」

「はっ、間違いありません」

突然、ざわめく酒場内、客の注目が一点へと集中していく。

そこには黒髪を背中まで伸ばした美しい女の子がいた。

腰に剣を差し、一目で品質が良いとわかる銀のハーフプレートを装備している。

隣には銀の鎧を着た男。

何故か女の子はこちらに歩いてくる。

「少し、よろしいですか？」

「なんだ、てめぇ、俺の邪魔をする……なっ！」

背後を振り向き、唖然とする酔っ払い男。

割って入った女の子の顔を見て、苛立《いらだ》ちを浮かべたが、それは一瞬だった。

「先客ですか？　ちゃんとした用なら待ちますが……ね」

「す、すいません、今どきますのでっ！」

皮肉交じりに呟く女の子。酔っ払いは大慌てで別の席へと移っていく。

「初対面の方に言うのもなんですが、その、あまり女性一人で飲まない方がいいですよ」

「そうだね、心に留めておくよ」

女一人、酒場で飲めばこんなことも起きる。危機感を持った方がいいと忠告される。

一応、助けてくれたことのお礼を言ったあと。

「貴方がコンコルドを助けてくれた白魔導士で、間違いありませんか？」

「コンコルド？　誰それ？　……鳥の名前？」

「だ、誰が鳥だ、俺だよ、俺っ！」

女の子の後ろからひょっこりと姿を現した。

ああ、草むらで倒れていた銀鎧の騎士だ。名前はコンコルドというのか。

「改めて、感謝する……昼間は本当に助かった」

「元気になって良かったね」

「人間いつ死が訪れるか、本当にわからないものだな」

「そうだよ、日々後悔ないようにね、せっかく生きのびたんだし、秘めたお姫様への気持ちとやらも、伝えた方がいいんじゃない？」

「姫への……気持ち？」

黒髪の子がその会話を聞いて首を傾《かし》げた。

「コンコルド、貴方の気持ちとは？」

「ななな、なんでもございません……や、やめろ！　変なことを言うな、よりによって今！」

「むぐっ」

慌てた騎士に口を抑え込まれてしまう。

「はぁ、はぁ……」

「わ、わかった、もう言わないから」

そんなに動揺しなくてもいいのに。思春期真っ盛りの純情少年じゃないんだから……。

死ぬ間際に零《こぼ》れた言葉で、私に聞かれたのは不覚だったようだ。

そんな私たちの様子を怪訝《けげん》そうに見つめる黒髪の子……と、完全にスルーしていた。

「……で、そちらの子は？」

「あ、自己紹介がまだでしたね、失礼しました。私、リーチェ＝ラバウルと申します」

銀の胸当てに手を当て挨拶する女の子。

「ご丁寧にどうも、私の名前はメイ……て、待って、ラバウルって言った？」

「はい、僭越《せんえつ》ながらラバウル王国で銀騎士団長を務めております」

「て、てことは……？」

「メイの考えている通りだ。この方は王女殿下であらせられる」

さすがに驚く私。また急に大物がやって来たものだ。

コンコルド君が慌てた理由がわかったよ。本人に恋心をばらされるところだったのか。

「相席、いいですか？」

「あ、どうぞどうぞ」

一人で飲むと、また絡まれそうだしね。お姫様と一緒ならまず安心だろう。

コンコルド君が椅子を引き、お姫様は優雅に腰かけた。

「それで、ここに来た理由は何？　いや……なんです？　ございましょう？」

「ふふふ、とても面白い方ですね」

最近敬語とか使ってなかったので、変な感じになってしまった。

大聖女を辞めて以降、王族相手でもタメ口だったが、あれは私を追放したりと因縁があったからだ。わざわざ自分から他国の王族と揉めて、敵を作る趣味はない。

「別に構いませんよ、普段通りの話し方で……」

「あ、本当に……？　助かるよ」

でも……まぁうん、本人がいいならいいよね。

「こ、こら、いくら姫様がいいと言ったって」

「正直、ちょっと面倒くさくて」

「ふふふ」

そんな私を見てくすりと笑うお姫様。

「構いませんよ、正式な場でもありませんしね、私はお礼を言いに来たのです、彼女を困らせるのは本意ではありません」

「なかなか話がわかるね、お姫様」

私のいた国は見栄とかに固執《こしつ》した連中ばかりだったから、お姫様が眩《まぶ》しく見える。

「でも姫様直々《じきじき》に、一介の冒険者である私の元に訪れるなんて、どうして？」

「コンコルドが伝えてくれたのは、それだけ価値のある情報でしたから……」

「それでわざわざお礼に？」

「ええ」

姫様からの感謝の言葉。じっとお姫様の顔を見る私。

「そこまで、気にしなくてもいいけどね」

「そういうわけにもいきません、もしメイがデュラハンを倒さなければ、遭遇したのが他の冒険者だったら、大きな被害が出るところでした」

まぁそうか。こっちとしてはアイテムもゲットしたし、幸運だったけど。

デュラハン討伐の件はまだギルドに伝えていない。討伐証拠の大剣もなかったしね。

「私の方で伝えておきますよ、メイのギルドランクも一気にあがるでしょう」

「それは……うん、助かるよ」

少し躊躇《ちゅうちょ》したが、お願いすることにした。

登録したばかりの新人がAランクのデュラハンを討伐。

悪目《わるめ》立《だ》ちするが、過去の身分を捨てリセットされた現状、メリットはあると判断した。

「ご丁寧にどうも……で、用はそれだけでいいのかな？」

「……何故、でしょうね？」

「うん？」

「貴方に見られると、心の奥底を見透かされてしまう感覚を覚えます」

「あはは、それは考えすぎだよ」

軽く笑い飛ばす私。

「率直にお話しをします。今日はメイに仕事の依頼をしにきました」

依頼とはなんだろうか？　私なんかにお姫様がわざわざ……。

「オーブ……という人物はご存じでしょうか？」

「ごめん、まったく知らない。私、先日この国に来たばかりなんだ」

「そうでしたか、では説明しますね。彼は、ラバウル王国で黒の団の団長を務めていた男です」

ラバウル王国には五つの騎士団が存在している。

赤の団、黒の団、白の団、青の団、そしてリーチェ姫は銀の団の団長だ。

それぞれの騎士団は、与えられた役割が違う。

白は他国における近衛師団、黒は魔法師団……といった具合に。

「私たち、銀騎士団は対アンデッドに特化した団です」

この国はどの神殿とも離れた辺境にあり、聖女の協力を受けるのは困難。

だからこそ、独自に特設された対アンデッド騎士団。

「オーブは王宮を追放された犯罪者です。禁忌とされる混合魔獣《キメラ》の研究を密かに行っていたことにより……」

「混合魔獣《キメラ》……か」

異種生物の融合実験による新種の生物の開発。

色んな組み合わせを試して、最強の生物を作り出そうという目的から生まれた研究だ。

「でも、捕まえた魔物同士を掛け合わせる程度なら、よく話は聞くけどね」

「ええ、ですが……彼は人間と魔物の交配実験まで行っていました」

オーブは、密かに奴隷を使って非人道的な実験を行っていたそうだ。

しかし、研究が国にバレて逃亡、銀の団は彼の潜伏先を探していたそうだ。

「ちょっと質問させて。なんで銀の団が動くの？　団長のせいで被った汚名を払拭する意味でも、そこは黒の団が動くべきじゃ……」

「黒の団の団員は、オーブに精神魔法で洗脳を受けていたので……」

「ああ、なるほど」

それで企みの発見をするのが遅れたらしい、自身の研究を隠すのにベターな手段だ。

内容は術者に従順になる魅了的なもの、距離をとれば時間経過とともに戻るそうだ。

とはいえ、団員たちとオーブを再接触させるのはリスクが高すぎる。

銀騎士団の扱う光魔法は防御に長《た》けた属性だ。

精神魔法もある程度レジストできる、ゆえに任されたのだろう。

「にしても……団員まるまる魅了って、何気にヤバいね」

「間違いなく、超一級の魔法師ですよ」

「もしかして、オーブって、もっと高難度な記憶消去魔法とかも使えたりする？」

「そこまでは聞いておりませんが……」

さすがに公爵級悪魔のグレモリアスには及ばないと思いたいが。

「話を戻しますが、よろしいでしょうか？」

「ああ、うん……お願い」

「コンコルドが持ち帰ったのは、オーブの潜伏するアジトの情報でした」

私が活動していた薬草の群生地の先には、王国の旧墓地があるらしい。

調査したところ、そこにオーブのいる痕跡を発見したそうだ。

「隠れ家の入り口を見つけたはいいが、入口を守護するデュラハンに襲われてな、深手を負って逃げていたところ、メイに会ったというわけだ」

「そうだったんだね」

事情を理解した。

「つまり、私の仕事っていうのは」

「ええ、私たちの任務の補助です」

王女様が語る。旧墓地付近にはアンデッドがうようよいる。

その中を潜り抜け、オーブを討伐、もしくは捕縛する。

「相手は元とはいえ、黒の団のトップを務めた男です、油断はできません」

「戦力が欲しい、と……言っておくけど私、今日ギルドに登録したばかりの白魔導士だよ」

「みたいですね、でも……」

ちらりとお姫様がコンコルドを見る。

「俺も回復魔法を扱える……が、デュラハンの剣に汚染された傷は自力で治せなかった。しかし、メイはそれをあっさりと治した。あれだけの回復魔法を扱えるのは、うちの団でも一部だろう」

「随分、私を評価してくれているね」

「俺は事実を言っただけだ。そも、デュラハンを倒した時点で実力は疑いようもない」

再度、私に協力を求めてくる二人。

変なプライドなんか役にたたない。必要なら誰だろうと頭を下げる。

その仕事のスタイルは好みだよ。

トップに立つ王女様が直々に来たということは、それだけ余裕がない相手ということか。

「危険な仕事になることは間違いありません。十分な謝礼はさせていただきます」

「……うぅん、ちょっと待ってね」

まぁ、返事は決まっている。うぅん、とか言っちゃったけどね。

「確認させて欲しい、報酬は金銭だけじゃなくてもいいのかな？　例えば情報とか」

「私の裁量で判断可能な範囲であれば……」

「安易に約束して大丈夫？　結構なものを望むかもしれないよ」

「勿論、内容に関してはメイの活躍次第……ということになりますよ」

それは当然だろうね。聞きたいことは大体聞くことができた。

「助けたお礼も兼ねて、前金は多めにもらうよ、口約束ほど怖いものはないからね」

「そ、それじゃあ」

「うん、引き受けるよ、この仕事」

「あ、ありがとうございます！」

喜ぶお姫様だが、こちらとしても本当に助かった。

王族との繋がり、必要な生活資金の獲得、両方いっぺんに達成できる。

対アンデッドとか、私に相応《ふさわ》しい内容だし断る理由が何一つなかった。

アジト探索

宿に泊まり、翌昼。

万全のコンディションで、銀騎士団との集合場所へと向かう。

幸運にも、王女様の依頼を受けることが決まった私。

うまく行きすぎて、落とし穴がありそうな気さえしている。

多分大丈夫だと思うけど、変に疑心暗鬼になるよね、こういう時って。

森を歩き、集合場所である旧墓地の入り口にやって来た。

墓地は薄暗い森の中にあった。いかにも色々と出そうな雰囲気である。

「来ましたね、メイ」

「今日はよろしくね、王女様」

こんな寂れた場所でも、銀鎧を着た彼女の清廉さは際立って見える。

眼前には銀鎧を着た兵士たち、その中心には王女様の姿。

アジトを探索するメンバーは私を含めても七人、戦力が少なく思えたが……。

「少数精鋭です。万が一、オーブの魅了にかかれば……同士討ちの危険がありますから」

そういえば、昨日強力な精神魔法が使えるって話していたね。

魔法をレジストできる優秀なメンバーを集めたと。

仲間同士で殺し合いに発展したら最悪だ。せっかくなら最後まで仲良くやりたい。

と、私が思っていると……。

「な、何故ですか、姫様！　どうしてこんな白魔導士を……」

出かける前からトラブルが発生。叫んだのは二十代中盤の青年だ。

ついさっき、姫様から私の存在を聞かされたらしい。

「先程話したでしょう、少しでも成功確率をあげるためです、バルガス副団長」

「し、しかし、このような得体の知れない女を」

「彼女の魔法の腕は確かなものです、私が保証します」

姫様の答えを受け、ギロリと私を睨む副団長。

「貴様、実戦経験はあるのか？　安全な場所で魔法を使うのとは訳が違うぞ、緊張感の中では実際の実力の半分以下の……」

「そんなに心配しなくても、そこそこあるから」

「そこそこ、だと？　オーブはそんな生易《なまやさ》しい相手じゃないぞ、中途半端な実力では魅了に嵌まって我らに迷惑をかけるのがオチだ」

「そうなったら、遠慮なくぶった切っていいよ」

「な、何？」

飛び出したドライな発言に驚く副団長さん。

「い、いや……それは」

「どうしたの、見知らぬ他人なら問題ないでしょ」

副団長さんがひいていた。変なことを言ったつもりはないんだけど。

「どうか納得してください、バルガス副団長。今回は相手が相手、万全を期したいのです」

「だ、そうです」

「…………」

ギスギスしないで、仲良くやりましょう。

結局、折れて渋々ながら頷く副団長さんだった。


出発する私たち。森の中の十字の墓標を縫うように進んでいく。

「随分と風が荒《すさ》んでいるね」

「わかりますか？」

「うん、瘴気を含んだ生暖かい風だ」

「定期的に浄化して、アンデッドを狩ってはいるんですが……いかんせん、広くて」

「ラバウルは、何百年と歴史のある国だもんね」

それにしても、凄い墓の数だ。

「これだけの人が……王都で死んでいったんだね」

「い、いや、寿命で亡くなった人が殆どですからね、無念の中、散ったみたいに言わないでください」

そんなブラックジョークをしつつ、オーブの隠れ家の入り口へと進んでいく。

三十分ほど森を歩き、目的地に辿り着く。

地面に積み重なった枝葉をどけると、隠されていた階段が見えた。

奥は地下洞窟となっているようだ。

「皆、準備はいいですか？」

『はっ！』

姫様の確認に銀騎士たちが頷く。

洞窟に入ってすぐ、姫様が前方に魔法で光源を作成した。

「あんまり明るいと、魔物がたくさんやって来るよ」

「ですね、でも不意打ちされるよりはいいかと……不服でしたか？」

「ううん、承知の上ならおっけーだよ」

愚問だったかもね。彼女たちも私と同じアンデッドの専門家だ。

やり方は人それぞれ、郷に入っては郷に従うとしよう。

敵とのエンカウント率は高まるけど、移動しやすいのは事実。

「それに、おそらくですが、私たちの存在に既にオーブは気づいている」

「下手に隠れる意味もない、と」

「ええ、視界を悪くすることで、かえってリスクが高まるかと」

少なくとも、昨日侵入者が来たことは知っているだろう。

だからこそ姫様は、昨日の今日で時間を空けずに、襲撃をかけることにした。

奥へと進み五分後。早速、魔物と遭遇する。

前方には三十体を超える大量のブラックゴブリンの群れだ。

アンデッド以外にも魔物はいるようだ。

聖女の魔力は聖水同様の魔除けの効果を持つ。

特に魔力の強い私を前にすれば、普通は警戒するものだが、向こうはやる気満々だ。

瞳を見ると赤く、魅了が掛けられていることがわかる。

アンデッドのように、恐怖心を抱いていないのだろう。

この場所にオーブという犯罪者がいるのは確かなようだ。

「私はどうすればいい、お姫様？　指示をお願い」

「この程度なら問題はありません、メイは中央にいてください」

「……わかった」

四方を銀騎士団員に囲まれた一番安全な位置だ。

さりげなく、姫様が新規加入の私に配慮してくれているのがわかる。

前情報のない私は、対アンデッドと支援に専念させるつもりのようだ。

武器を構える銀騎士団、ゴブリンたちと対峙する。

先陣を駆けるのは姫様、鞘から抜かれた剣が輝きだす。

神匠ザウルの作り出した武器で、光剣ラウグと言うらしい。

「はあああああっ！」

鮮やかな動きで、姫様がゴブリンたちを一刀両断していく。

他の団員も精鋭というだけあり、私の出番は殆どなかった。

先ほど私の参加に否定的だった副団長さんも、言うだけあって強い。

はっきり言って、怠《なま》けていた風の神殿の騎士連中よりもよほど強い。

私は特にやることもないまま、一分とかからず殲滅してしまった。

再び隊列を整え、進んでいく。

「凄いね、姫様」

「ありがとうございます」

「当然だ。剣の腕で、姫様に敵《かな》う者はこの国にはいない」

「それはさすがに言い過ぎですよ、副団長」

得意気に副団長さんが呟く。

「あ、副団長さんも凄かったよ」

「後々の報酬を考えて、今からおべっかか？　その手には乗らんぞ」

「そんなつもりはないんだけど」

取りつく島もないな、吐き捨てるように副団長。

そうして、出現する魔物を倒しながら、順調に奥へと進んでいく。

「そういえば、メイは白魔導士なのに杖を持たないんですね？」

「え、うん……まぁ、ね」

不思議そうに私を見るお姫様。

杖には魔力制御を高める効果があったりと、メリットだらけなので、持たない理由がない。

「もしかして別の補助媒体を体のどこかに？」

「ないよ、そんなもの」

「え、つ、使ってないんですか？　そ、それでデュラハンを倒したのですか？」

「慣れればどうにかなるもんだよ」

「す、凄いですね」

婆さんは楽をすると実力が身に付かないと、買ってくれなかった。

風の神殿の宝具アステイルを売り払った、私への当てつけもありそうだけど。

「姫様、嘘に決まっています。いい恰好したくて、適当を言っているに決まっています」

「こら、やめなさい、バルガス……」

「ふん、大口叩いてボロが出なければ、いいがな」

副団長さんは本当に排他的というか、この先の展開に少し不安を覚えてしまう。

次に現れたのはデッドリーワーム。体長二メートルを超える巨大ミミズだ。

しかし、これも姫様や銀騎士団の面々が見事に一刀両断。問題なく屠《ほふ》っていく。

「いや、本当に凄いね」

「わかったか小娘？　相手がオーブだろうと、姫様が負けるはずがないのだ」

「かもしれないね」

美しい体内魔力の流れ、見事な体捌《たいさば》き、素早い状況判断能力。

はっきり言って、文句を付けようがなかった。

実際、副団長の言う通りかもしれない。

「オーブはそんな生易しい相手じゃありませんよ」

「いえ、姫様なら間違いありません」

「もう」

全幅の信頼を姫様に寄せる副団長。いいのか、悪いのか……正直判断に迷うところだ。

そんなことを考えながら進んでいると、広いフロアに出る。

そこで待ち構えていたのは……。

「なっ、なんという数だ」

唖然とする銀騎士団員たち。本番はここからだとばかりに、現れたのはAランクモンスターのデュラハン軍団だ。

森で私が倒した魔物であり、一匹でも脅威とされる上位アンデッドが七体、さすがの銀騎士団もこれには緊張感を隠せない。

何気に丁度、こちらの数と同じである。

「やはり、出てきましたか」

「ノルマ、一人一体か……責任は重大だな」

団員の一人が唾を飲み込んだ。

「メイ、出番ですよ、準備はいいですか？」

「うん」

ようやくか、すっと私は歩みを進める。

「メイ……そ、そんなに前に出ては」

「私も少しは頑張らないとね、姫様たちは私の支援に回って頂戴」

「ですが、この数は、さすがに」

「オーブと戦う前に少し実力を示した方がいいでしょ、後ろの人を納得させる意味でもね。もし、危ないと思ったら飛び込んでくればいいよ」

「わ、わかりました」

渋々ながら後ろに下がるお姫様。

「無様《ぶざま》な姿を晒すんじゃないぞ、貴様が危なくなっても俺は助けんぞ」

「まぁ、見てごらんよ」

バキポキと拳《こぶし》を鳴らしながら、デュラハンを視界に収める。

この仕草、魔法とは何の関係もないけど。

さぁ、いく……。

（……え？）

しかし、ここで予想もしない事が起きた。

突然、地面が大きくうねり出したのだ。

（じ、地震？　こんな時に？）

バランスを崩して手を地面に付きそうになる。

「な、なんだ、これはっ！」

「きゃあああああっ！」

「じ、地面に吸い込まれっ！」

背後にいた銀騎士団員から悲鳴があがる。

地面が変質、洞窟の中で流砂のような現象が起き、飲み込まれていく。

どうやら敵の罠を踏んだようだ。

「ひ、姫様ああああああっ！」

「くっ！」

なんと、姫様まで姿を消してしまった。

私は前に出ていたせいで団員とは距離があり、流砂から逃れた形だ。

近くにいた団員を、無理矢理穴から引っ張って戻す。急だったのでそれが精一杯だった。

この数のアンデッドは地面から意識を逸らすのが目的か。

仕事を終えたとばかりに、流砂は消えていく。

「ああ、あああ……ひひひ、姫様っ、姫様ああああっ！」

そしてよりによって、私が助けたのは君かい、バルガス副団長。

「ひひひ、姫様あああああっ！」

「もう、しっかりしなよ」

「っ！」

ぱぁん、と錯乱する副団長の頬を引っぱたく、
緊急事態ゆえに、無理矢理意識を戻す。

「き、貴様、何を……」

「冷静にならないと救えるものも救えないよ」

まだ団員たちが死んだとは限らない。希望を捨てるには早すぎる。

ようやく、冷静さを少し取り戻した副団長。

まずはデュラハンに囲まれたこの場を切り抜けないとね。

「…………」

「どうしたの、副団長さん？」

じっと私を見ている副団長。その顔には戸惑いが浮かんでいた。

「何故、俺を助けた？　俺は貴様を見捨てると言ったのだぞ」

「私の方は、最初から助けないなんて言ってないからね」

「す、素直じゃない女だ」

「手が自然と動いた……それだけだよ。理由なんてつけると、安っぽくなるよ」

「…………」

私の手を解き、立ち上がった副団長。

「俺は人間の本性は土壇場でこそ、出るものだと思っている」

そんなことを呟き、私の前に立つ副団長。

私を庇《かば》うようにデュラハンと向かい合おうとする。

「貴様はここを出て、急いで王宮に走れ、このことを報告するんだ」

「君はどうするの？」

「デュラハンを抑え込む、この数が相手では長くは持たんが、逃げ道は必ず作ってみせる。借りは作らん……貴様は生きろ」

「不器用な男だね」

でもそういうの、嫌いじゃないよ。ちょっとだけグッとくる。

「でも、そんなことしていたら、救出は間に合わないよ」

「こ、これは……」

ぶぅんと、地面に浮かぶ大きな魔法陣。フロア全体を青い光が包みこんだ。

「き、極大魔法陣……しかも、む、無詠唱だとっ！」

「ギャラリーが一人になったのは、寂しい気もするけど、まぁいいや……とっとと始末して追いかけるよ」

陣から出現した青い炎がデュラハンを焼き尽くす。

発動させたのは上級光魔法【審判の火】。

先日使った【聖なる火】の全体攻撃版である。

「い、一瞬で……す、すべて真実だったのか」

その光景に圧倒される副団長。フロアに静けさが戻り、唖然とした顔で私を見ていた。

デュラハンは消え、残ったのは私と副団長のみとなった。

「き、貴様は、貴様は……一体？」

「問答は後、ボ～ッとしている時間はないよ、副団長さん」

「はっ、そ、そうだな……」

私の声に我に返る副団長。

「急いで姫様たちを追いかけたいけど……さっきの流砂を見て、何か思い当たることとかある？」

「……ふむ」

顎に手を当てて考える副団長。

「可能性としては……おそらくだが、アントリオンだろう」

「アントリオンて砂漠に住む魔物じゃなかった？」

「ああ、そうだ」

巨大蠍《さそり》みたいな見た目をして、地中に潜む。

流砂を作り出し、落ちてきた生物を捕食する。

「ここ、砂漠じゃないよ、下は洞窟の地面だよ」

「オーブは混合魔獣《キメラ》の研究を行っている。別環境で適応する、我々の考えの及ばない生物がいても、不思議ではない」

「……ふむ」

先ほど姫様が落ちた地面を見るが、異常はない。

移動する落とし穴を作れる魔物なのかもしれない。

「なんにせよ、下に行く手段を見つければいいんだね」

「ああ、とにかくこのフロアを、もっと探してみよう」

そうだね、何かヒントが見つかるかもしれないし。

「先程までの無礼を謝罪させてくれ、メイ。改めて我々に協力をお願いしたい」

「お願いしなくても、こっちは最初からそのつもりだよ」

「ありがとう、俺は姫様を絶対に助けたい……あの方は、恩人でもあるのだ」

副団長さんは貴族の嫡男であり、五年前に自領でアンデッドが大発生した際、銀騎士団に救われたそうだ。

戦場を駆けまわるリーチェ姫、当時まだ十二歳だが、その実力は突出していたそうだ。

そんな彼女に憧れ、銀騎士団に入ったそうだ。

「わずか五年で副団長って、君も凄いね」

「ひたすらに頑張ったからな、少しでも傍にいたくて、役に立ちたくて」

「さっき、私に突っかかったのは、それが原因？」

「ああ、醜い嫉妬だ。喧嘩腰で済まなかった」

「いいよ、あれは姫様も悪いしね。事前にしっかり説明しとかないと、自分たちを信じていないのかって考えるのも仕方ないよ」

「そ、そう冷静に分析されると、少し恥ずかしいものだな」

信頼に甘えているといつかしっぺ返しをくらう。

それにしても、コンコルド君然《しか》り、お姫様は部下たちから大人気のようだね。

「副団長さんも姫様が好きなの？」

「も？　もってなんだ！　どういうことだ、他にいるのか！　誰だ！」

「ああ、いいよ、もう……大体理解した。好きなんだね」

「ばばば、馬鹿っ、なんでも恋愛事に結び付けようとするな、そそそ、そのような……」

「わっかりやすい反応だねぇ……見ているだけでいいの？」

「いいのだ。凛《りん》とたたずむ美しく清廉な姫様、その隣に立てれば十分、俺はそれだけで誇り高い気持ちになれる」

「綺麗なものほど滅茶苦茶に汚したくならない？」

「ふ、不敬ギリギリの発言をするな、貴様は……まったく、同じ女でも姫様とは大違いだ」

「それは否定しないけど、幻想を押し付けない方がいいよ、姫様だって気疲れしちゃうよ」

「………う」

顔を顰《しか》める副団長さん、多少は自覚があるみたいだね。

「頼りにされ過ぎても、それはそれで大変なもんだよ」

「やけに……実感がこもった発言だな」

「気のせいだよ」

少し、過去の自分を重ねてしまったかもしれないね。

「まぁ少しは俯瞰《ふかん》で見ようってことさ、チームワークは大事だけど、全員イエスマンで固めると思考も片寄る。今日みたいに一網打尽にされる可能性もある」

「生意気な……だが、忠告は覚えておく」

適当にそれっぽいことを言って纏める私。

「貴様は……不思議だな」

「うん？」

「何故か、口が軽くなる。ふざけたことを言っても、受け止めてくれる気がする」

「何急に……気持ち悪いんだけど、まさか姫様じゃなくて私に乗り換えるつもり？」

「たわけ！　ありえんわ、貴様は姫様とは対極の存在だ……俺の好みではない！」

「そうですか」

冗談交じりに言うと即否定された。

「いいか、姫様に及ぶ者などこの世界にはおらん。内面だけではなく外見もだ。あのサラリと真っすぐな漆黒の髪は、まるで夜の闇のように、見る者の意識を取り込み、そして……」

なんか長くなりそうだね。適当に聞き流そう。

といぅか、このフロア……ちょっとジメジメしてるね。

湿気が不快だ。頭のフードを取っちゃうか。

「そしてあの慈愛に満ちた瞳は……て、おい、貴様聞いているかっ！　大事な話をしているのだから、俺の方をちゃんと見ろ……なっ！」

フードを取るとバサリと青い髪が後ろに流れ、私の素顔が外気に晒される。

「トゥンク♡」

「……え、何？」

副団長は姫様賛美を中断し、何故か呆然としていた。

「……ど、どしたの？　じっと私を見て」

「あ、あう、あああ、おっ……おおう、おまええええっ」

様子が変だ、挙動不審になっている。

「だ、大丈夫？　妙に顔が赤い気がするけど？」

「う、うう、美しすぎる。姫様を夜に浮かぶ月とすれば、太陽……紛れもなくこの美しさは姫様に匹敵……はっ！」

パァン、と思いっきり頬を引っぱたく副団長。

ぶんぶんと勢いよく、何かを振り払うように首を振った。

「な、なんたる不意打ちっ……危ないところだった。やってくれたなっ！」

「な、何もしていませんけど」

「姫様一筋、俺は姫様一筋なんだ、惑わされるな、こんな、こんなはずがない！」

「ほ、本当に大丈夫？」

「こっちを見るなああああああっ！　早くフードをかぶれっ！」

どないせえと？　さっきは見ろとか言ってたくせに……。

仲直りしたが、彼が面倒なのは変わらないようだった。

メイと副団長のバルガスが、救出の手がかりを探している頃。

地面に飲み込まれた他の銀騎士たちは……。

「ここ、は……？」

「我々は、あの妙な流砂現象で沈んでいったはず」

「…………」

リーダーとして、周囲を注意深く観察する王女のリーチェ。

彼女たちがいたのは三十メートル四方の大空間だ。

高さは十メートル以上あり、地下とは思えないほど整地されている。

自然に出来たものではなく、人の手が加えられた場所なのはあきらかだった。

「メイとバルガス副団長は？」

「ここにいるのは我々だけです、うまく難を逃れたのかもしれませんね」

「もしかすると、王宮に戻って応援を連れて来てくれるかも……」

「いえ、その可能性には期待しない方がいいでしょう」

あの場に残されたということは、大量のデュラハンをたった二人で相手にしなければならない。

しかし、助けに向かうことできず、リーチェは歯がゆそうに唇をかむ。

（どうかご無事で、二人とも……）

「この先、何が出てくるかわかりません。皆、油断しないように……」

『はっ！』

懸念はあったが、気持ちを切り替えて眼前のことに集中するリーチェ。

他の団員に不安が伝搬しないように。

「くく……くくく、いや、素晴らしい、さすが姫様だ。気持ちを立て直すのが早い」

『っ！』

パチパチと拍手がフロアに木霊《こだま》し、奥から現れたのは三十後半の灰色髪の男。

細めの体を裾まである長い黒のコートで包んでいる。

「……オーブ」

「ようこそ、お姫様……私の秘密基地へ」

丁寧に腰を折り、リーチェに挨拶したのは元黒の団の団長であるオーブ。

その登場に、一斉に剣を構える銀騎士団。

「先程の現象は、やはり貴方が……」

「ええ、アントリオンを洞窟でも生息できるように、少々改良しましてね、落とし穴を使って、姫様たちをここにご招待したのです」

「招待というには、面白味のない場所ですね」

「それは申し訳ありません、でも……これから始まるショーは楽しんでいただけると思いますよ」

警戒交じりにオーブを睨みつける銀騎士団。

「ショーといっても、見物料は要りません、代わりに命は頂きますがね」

オーブがパチンと指を鳴らすと同時、地面が振動を始めた。

奥から出現したのは体長四メートルを超える黒い巨大魔獣。

身体は狼だが、通常の狼とは決定的な差があった。

巨大な三つの狼の頭、三つの首には首輪が嵌っている。

「ま、まさか……まさかっ、ケルベロス！」

「ええ、ラバウルの王族なら知っていて当然でしょうね。まぁ、そこにいるのは小型版ですがね」

「あ、貴方は、なんという存在を蘇《よみがえ》らせたのですかっ！」

「いい反応ですよ、姫様……お見せした甲斐がありました！」

嬉しそうな顔を浮かべるオーブ。ケルベロスにたじろぐ銀騎士団員たち。

その小型版とはいえ、かつて自国で猛威を振るい、大打撃を与えた異形の災厄級魔物、対峙する銀騎士団員が恐怖するのも当然のことだ。

しかし……リーチェだけは違った。

「大丈夫、私たちなら必ず勝てます！」

『姫様！』

「見た目に惑わされてはいけません！　私の推測が正しければ……」

三つある頭部、それぞれの口から高熱の火球が解き放たれた。

しかし優秀な光魔法の使い手であり、防御を得意とする銀騎士団。

リーチェの指示により、団員たちは防御結界を一斉に発動させる。

半透明の強固な結界がケルベロスのブレスを見事に防ぐ。

「やはり……紛《まが》い物っ！」

「さすが姫様、よくぞ……看破しました」

パチパチと挑発するように拍手するオーブ。

「ケルベロスの頭部に嵌められた首輪、おそらくオーブの魅了が込められている、主人に従わせるために……それは裏を返せば、主人を超える魔物は従えることができないということです」

「ええ、これ以上強化すれば、命令を受け付けなくなりますからね」

見事に初撃を防いだことで、銀騎士団の士気があがる。

散開し、ミニケルベロスへと攻勢をかける。

「「「ウガアアアアアアッ！」」」

三方向に飛んでくるブレスを回避しながら、多方面から攻め立てていく。

「さすが、姫様の言う通りだ」

「これなら……やれる！」

最初こそ驚いたものの、見事な連携を駆使し、ミニケルベロスにダメージを与えていく。

そして……。

「終わり、ですっ！」

「「「ガアアアアアッ！」」」

轟くミニケルベロスの断末魔。

団員達が意識を集めている隙に、リーチェが無防備な背中を切り裂いた。

「素晴らしい……見事です、さすがは姫様、素晴らしい腕だ」

「次は貴方の番ですよ、オーブ」

鋭い眼光でオーブを睨みつけるリーチェ。

「怖いですねぇ、でもまぁ、精々こんなものか」

淡々と呟くオーブ。

「かつてのケルベロスの破壊痕跡から因子を探して造ったんだが、所詮《しょせん》オリジナルには遠く及ばない……か」

従魔が死んでも冷静な様子にリーチェは不気味さを覚えた。

オーブは黒の団のトップを務めた男だ。王国で紛れもなく、五本の指に入る魔法使い。

この程度で終わるはずはない……と。

「姫様もご存じの通り、私が団を追放された理由は混合魔獣《キメラ》の研究の、最終地点を目指してしまったからだ。人との融合という……ね」

「……」

「では、何故……そんな真似をしたのか？　それを今からお見せしましょう」

飛び散ったケルベロスの血肉がうねうねと動き出す。

オーブの元へと集まり、融合していく。

「おお、おおおおおっ！」

「馬鹿な！　な、なんという……」

その光景に唖然とする銀騎士団。

現れたのは獣人のように、全身に黒毛を生やした二足歩行の生物。

頭部は犬の顔、左右の掌には牙の生えた巨大な口が浮かんでいる。

ケルベロスの肉を取り込んだことで巨大化、その身長は四メートルを超えていた。

「大きいというのはいいものだ、万能感を覚える。見下せて気持ち良くなれる」

巨大化したオーブが銀騎士団を見る。

「本番を始めましょうか、ここからは優しくありませんよ」

いよいよ始まるオーブ本人との戦い、剣を構える銀騎士たち。

「だ、騙されるものかっ！　虚仮《こけ》脅しだ」

「ああ、きっとそうに決まっている」

しかし、よく見ると団員たちの身体は震えていた。

声を張り上げることで恐怖を振り払ったのだ。

銀騎士たちは、先ほどと同様、散開して多方面から攻撃を仕掛ける。

しかし、オーブは一切動く素振りを見せない。

「まずは防御力の確認といきましょうか」

振り下ろされた刃はオーブの肉体に届くが……。

「なっ！」

「ふふふ、素晴らしい……予想通りだ」

斬撃は筋肉の鎧に阻まれてしまい、あっさりと弾き返される。

その光景を見て満足そうに笑う、オーブ。

「オリジナルを肉体に取り込んでは制御できんが、劣化版なら別だ。それなりの使いようがある。さて、次は攻撃力の確認といきましょう」

「っ！」

オーブは虫を払うかの仕草で腕を払う。目視《もくし》も困難な速度で繰り出された一撃。

前方にいた四人の銀騎士たちは回避もできず、地面をごろごろと回転していく。

一瞬で気絶、自らに回復魔法を展開する間もない。

「みんな！」

高品質な鎧はめり込み、口元から零れる血液。

急いで虫の息である四人を治癒しようとリーチェは走るが……。

「行かせませんよ、回復されては面倒ですからね」

「くっ！」

リーチェの前に立ち塞がる巨大化オーブ。

覚悟を決め、猛スピードで攻撃に転じるリーチェ。

助けるには、急いで眼前の敵を倒すしかない。

「む、速いっ！」

繰り出されるオーブの豪腕も、ギリギリのところで回避。

リーチェの白刃が黒毛に覆われた左腕を半分切り裂き、ポタポタと黒い血液が地面に滴《したた》り落ちる。

「よくぞ、この鋼《はがね》の肉体を、さすがザウルの作り出した剣……」

パワーは相手が上でも、スピードはリーチェが勝る。

その差を活かしたヒットアンドアウェイ攻撃。

「はあああああっ！」

「凄まじい戦闘能力、さすが戦乙女と言われるだけのことはある」

「身体能力はあがっても、貴方は魔法使い。肉弾戦は素人《しろうと》、経験は一朝一夕では身に付かない」

リーチェの頬から流れる一筋の汗。

部下の命のタイムリミット、その縛りゆえ、全開での戦闘を強《し》いられる。

しかし、さすが王国最強の剣士というべきか。勝負は急いでも雑になっていない。

「ご高説痛み入ります。今後の改善点として役立てさせていただきます」

「貴方に後なんてあると思うの？」

「ふふ、思いますよ」

「なっ！」

無事な右の手を広げるオーブ、狙いに気づいたリーチェは青ざめた。

手が向けられたのはリーチェと無関係な方向。

オーブの掌の口から生み出されたのは灼熱の炎、そのターゲットは気絶した団員たち。

「姫様、貴方の一番の弱点はその甘さだ」

「くっ！」

リーチェは慌てて下がり、部下を守ろうとする。

部下の周囲に防御結界を発動させるが、その分自身の守りは薄くなる。

その隙を見逃すオーブではなかった。

「がっ！」

背後から繰り出された豪腕が、リーチェの背中に激突。

後ろから一撃を受けてしまい、勢いよく壁へと叩きつけられるリーチェ。

「ははは、ふははははは！　くひゃはははははっ！」

地面に倒れ込んだリーチェ。勝利の雄叫《おたけ》びをあげるオーブ。

「と、いけません……下品な声を出してしまった。この姿になると理性をなくして衝動的になってしまう、まだまだ改良が必要だな」

「う、ぐ」

「おや、まだ意識があるのですか、姫様」

リーチェを見下ろし、感嘆するオーブ。

「ですが、その傷では勝負ありです……最後に誉めておきましょう。この姿の私と、一時的とはいえ渡り合ったのは見事です、殺すのが少々惜しいですね」

「……う」

「そうだ、せっかくですし、姫様には私の実験に付き合ってもらうことにしましょうか……よかったですね、もう少しだけ生きられますよ」

立てる者のいない絶望的な状況。

一歩、二歩と、倒れ伏すリーチェの元に近づいていくオーブ。そんな時だった。

「……む、なんだ？」

フロアの天井からパラパラと落ちてくる小さな土塊。

怪訝そうに上を見るオーブ、瞬間。

「ほあちゃあああああっ！」

「なっ！」

そんな掛け声がすると同時、
崩壊する天井、オーブの頭上に落ちてくる岩たち。

「お、おい馬鹿娘、ここで合っているんだろうな！」

「この下で戦闘の気配がした、たぶん合ってる」

「た、たぶんて……下手すればこれ、下にいた奴は生き埋めだぞ」

「大丈夫だよ、ほら……そこ見て」

どこか気の抜ける会話をしながら現れたのは……。

上層でリーチェたちが別れたはずの二人組だった。


「間に……合ったかな」

どうにか、姫様のいるところに着けた。なかなか下層に向かう手がかりが発見できなかったが、派手に戦闘してくれたおかげで、気配に気づけた。

後は適当に当たりをつけて、上から地面をぶち抜いたというわけだ。

存在するかわからない階段なんて、探す余裕もなかったしね。

「ひ、姫様……ああ、な、なんというお姿にっ！　今お助けします！」

倒れたお姫様に駆け寄るバルガス副団長。慌てて回復魔法を展開する。

私は崩れ落ちた瓦礫の上から周囲を見下ろす、酷い惨状だ。

血を流し、ぐったりした姫様と銀騎士団員たち。

本当にギリギリのところだったみたい。

「あ、あれ？」

オーブとかいう敵の姿が見えないな。近くに気配は感じるんだけど。

「ぬおおおおおっ」

「うわっ！」

突然、身体にかかる加速度、視界がせり上がっていく、
まるで巨人になったように、上から見下ろす私。

足元には黒毛のびっしりと生えた獣がおり、その頭の上にぴったりと乗っていた。

「お、おの、れ……なんだったのだ、今のは？」

「君かな？　オーブとかいう人は？」

「なっ！　なんだ、貴様は！」

「ほっ、と」

私を摑もうと伸ばされたオーブの手を避《よ》け、ストンと地面に着地する。

そんなやり取りをしていると。

「……う、ん」

「良かった、目を覚まされましたか！」

「ぶ、無事だったのですね……二人とも、良かった」

姫様の意識が戻ったようだ。自分の方が危なかったのに、私たちを見て安堵していた。

お人好しなお姫様だ。どことなく、狼おじさん想起させる。

「よくも姫を……まぁいい、少し手間が増えただけだ。雑魚《ざこ》が集まっても何も変わらん」

「……くっ」

「ひ、姫様……まだ回復魔法は途中です！」

傷だらけの体に鞭《むち》を打って起き上がろうとするお姫様、それを制止するバルガス副団長。

「副団長さん、姫様と他の人たちの治療をお願い」

「き、貴様はどうするつもりだ」

「そんなの、決まってるでしょ」

眼前の黒い二足歩行の巨大獣を睨みつける。

「私がこいつを片づける、がっぽり報酬も欲しいしね。姫様はのんびり休んでいて」

「む、無茶です！　いくらなんでも一人でなんてっ！」

「姫様、ここはメイに任せましょう」

「バ、バルガス副団長、貴方まで何を言って！　くっ！」

倒れそうになったお姫様の体を支えるバルガス副団長。

「今のオーブは信じられないほど、強化されているのですよ！」

「私は道中、メイの強さの底知れなさを知りました。あの数のデュラハンを、彼女は一人で倒したのです、それも一瞬で」

「そ、それは本当ですか？」

「ええ、彼女ならもしかすると……」

姫様を説得するバルガス副団長。

私は標的のオーブの元へ、散歩をするようにゆっくり歩いていく。

「何者か知らんが、獣は食事の邪魔をされると怒り狂うのだぞ」

「獣……ね、確かに随分と、人から変質したもんだね」

「この肉体の美しさがわからんとは……残念な女だな」

「悪いけど、君を見ても、私のもふもふ欲は刺激されない」

「も、もふもふ？」

困惑顔を浮かべるオーブ。ああ、ポチ……ポチに会いたい。

こんな紛い物のもふもふじゃ満足できない。

「馬鹿が、王国最強の剣士ですら及ばぬ無敵の身体、貴様などに何ができるというのだ」

「言う割に、その腕は半分切れているけど、痛くないの？」

「問題ないさ、この身体は痛みなど感じない……それに、はあああああっ」

雄叫びをあげるオーブ。切断された部位の肉がうねり出し、接合していく。

「この程度、すぐにくっつく。私の体には事前にスライムの因子も取り込み済みだからな」

「なるほど……混合魔獣の実験は、自己強化のためかな？」

「くく、そういうことだ」

検証実験で、どれだけの命を犠牲にしたのか。

犠牲になったのは知らない人間とはいえ、あまりいい気分はしないね。

「理解したなら、死ぬがいいっ！」

高速で振り下ろされる魔獣の腕。それを、後ろにぴょんと下がって躱《かわ》す。

接触と同時陥没する地面、地を砕き、巨大なクレーターができた。

瓦礫が飛んできたので防御結界を発動させる。

「なるほど、言うだけあって大したパワーだね」

「ふん、すました顔をしおって、不快な娘だ」

苛立たし気に私を睨むオーブ。

「我が進化を見よ！　そして絶望せよ、圧倒的な力の差にっ！」

「進化……ねぇ。私からすればそれは退化だよ。正直言って、人間のままの方がまだ勝つ可能性はあったと思うよ」

「なんだと？」

彼は魔獣化したことで、人間には持ちえない圧倒的な身体能力を手に入れたが……。

「元、黒の団の団長……だっけ？　魔法を専門としているはずなのに、さっきから使わないのは何故かな？　魔力量は格段に向上したのにさ」

「………」

「君さ、肉体が変質したことで、緻密な魔力制御ができなくなったんでしょ」

「……貴様、本当に何者だ？」

オーブの目が細まる。

「ただの白魔導士ではないな、この一瞬で見抜くとは……相当な実戦経験がなければ不可能だ」

「お褒めの言葉、どうも……」

「貴様の言う通りだが、緻密な制御など必要ない。この肉体ゆえの魔力の有効活用法はある！」

オーブの両掌の口が開き、輝き出す。

集まっていく高密度の魔力。魔力を変換してブレスとして吐き出す。

膨大な魔力を持つ竜なんかが得意とする方法だ。

「我を虚仮にしたことを後悔しろ！　死ねえええええっ！」

「メイ！　避けっ！」

背後からお姫様の悲鳴、左右の掌からレーザーの如く高速で射出されるブレス。

燃え盛る火炎がこの身に迫るが……。

「……こんな感じかな」

「な……んっ！」

ブレスは私の展開した光の防御結界によって弾かれる。それも、ただ防ぐのではない。

ブレスが反射する方向を大雑把に計算して、普段より角度をつけて結界を展開する。

「おお、おおおおおっ！」

戻ってきたブレスがオーブを直撃、大きな振動がフロアを揺らした。

「な、なんという……」

「防御結界をあんな形で、し、信じられん技術だ」

オーブからもくもくと上がる黒煙、唖然とするお姫様たち。

「自分の炎で自分がやられては世話ないね」

「おのれ、おのれ、おのれえええええっ！」

起き上がったオーブ、憤怒の形相だ。

怒りで我を忘れたのか、大きな足音を鳴らして突撃してくる。

さっきので終わってくれれば良かったが、さすがにそこまで甘くはなかったか。

「もうブレスは使わないのかな？」

「だ、黙れ！」

火傷《やけど》を負っていたが、まだ動けるようだ。繰り出される豪腕をひらりと回避。

「諦めてお縄についた方が、傷は少なくて済むよ」

「ふざけるな！　相手を翻弄《ほんろう》する小手先の攻撃は得意のようだが、貴様に俺を倒す術はない、姫のような武技が使えるわけでもない、アンデッドに特化した白魔導士に俺は倒せない。先程のように人の力を利用しない限りはな」

当然のように戦いは続行だ。少し手荒な真似になるけど、仕方ないか。

「最後に君の最大の失敗を教えておくよ」

「何っ」

私の腰ほどの太さはある、オーブの右腕がこの身に迫る。

当たればぺちゃんこ、そう思わせるだけのサイズの差があった。

しかし、腕が私の身体に触れた瞬間。

「……は？」

飛散する血液、オーブの腕はねじ切れ、勢いよく後方にはじけ飛んだ。

「あ、あ……ありえん、な、何が起きて」

「やっぱり、わからないみたいだね、だから負けるんだよ」

「おおおおおっ！」

その顔に浮かぶのは驚愕と恐怖だった。

それを誤魔化すように叫び声をあげ、残った左腕を叩きつけてくる。

「感覚はとても大事なものなんだ。君が捨てた痛みも必要だから存在する。こうやってね」

「……は？」

残る左腕もあっさりとねじ切れる。

「な、何を、何をしたあああっ！」

「単純なことだよ、ちょっと支援魔法を強めに使っただけ、私じゃなくて、君の腕にね」

私たちが当たり前のように動かしている人の体。

実際は凄く緻密でギリギリのバランスで出来ている。

骨や筋肉は左右対称に存在し、一部が歪めば連鎖的に不具合が出る。

支援魔法を使い部分的に超強化することで、そのバランスを歪ませた。

要するに彼は、自らの挙動を超えた動きをして自爆した。それだけのことだ。

「痛覚という、危険信号のない貴方はわからない、肉体の稼働限界が……」

「なんなんだ、なんなんだ、貴様はああああっ！」

背後を向けて、奥の通路へと向かうオーブ。逃げるのを私が許すはずもない。

背後から両足に支援魔法をかけると、ちぎれ飛ぶ。

仰《あお》向《む》けに勢いよく倒れ込むオーブ。

「う、うあああああっ！」

「どうやら、取れた部位をくっつけられても、再生は無理みたいだね」

私より低くなったオーブの身体を見下ろす。

「ば、ばけ……もの、め」

「それを君が言うの？」

両手両足が欠け、少し残酷な光景だが、彼の場合は簡単にくっつくので勘弁して欲しい。

呻き声をあげるオーブの意識を刈り取り、無事に任務は終了したのだった。

「あ、あのオーブをここまで一方的に……バ、バルガス副団長の言った通りでしたね」

「い、いえ……私もまさか、彼女がここまでの実力者とは思いませんでした」

戦いも終わり、姫様と副騎士団長が私の元に歩いてくる。

傷一つなく倒した私に唖然とする二人。銀騎士団の面々も全員無事に回復したようだ。

「メイ、感謝します。貴方が今回の任務に協力してくれて本当に良かった」

「いいって……その分、しっかりと報酬はもらうから」

「はい、勿論ですっ！」

丁寧に一礼するお姫様に頭を上げるように伝える。

ギブアンドテイク、畏《かしこ》まらないでくれた方が楽でいい。


オーブを動けないように捕縛し、私たちは奥に見えた通路を進んでいく。

ここを根城にしていた彼の研究成果などがあるかもしれないと。

「しかしまさか、オーブがケルベロスの生成までしているとは」

「でもあれ、オリジナルではないんでしょ」

「ええ、ですが、我が国においては特に因縁深い魔物ですから……」

ギルドの絵画でだが、その姿は見た。

今から二百年ほど前、ラバウルに出現した災厄級魔物ケルベロス。

当時の国王たちがザウルの遺した強力な武器を駆使し、どうにか倒すことには成功。

しかし、万を超える死者が出る大惨事だったそうだ。

「当時の国王も大きな傷を負ったそうです」

「なんで国王本人が前線に出ちゃったの？」

「国の最高戦力でしたからね」

剣の達人でもあった神匠ザウル。

その血を引くラバウルの王族は、他を圧倒する剣の才能を持つ者が偶に生まれるそうだ。

「お姫さまもそうなの？」

「ええ……ずるく思われるかもしれませんが」

「それはずるじゃなくて、幸運って言うんだよ。それに……どれだけ才能があろうが、努力しなきゃ花は開かないでしょ」

「メイの言う通りです、姫様」

「メイ、バルガス副団長……ありがとう」

私も姫様とは似たような立場だったからね。才能を他の聖女に嫉妬されることもあった。

でも人の何倍も苦しんで修行してきた自負はある。申し訳なさを感じる必要は微塵もない。

「なんにせよ、オーブをここで捕まえられて良かったね。完全なケルベロスがこの世に生まれる可能性もあったわけだし……」

「ええ、その通りです」

姫様が頷く。そんな話をしながら進んでいると、オーブの研究部屋らしき、二十メートル四方の大きな空間に出た。

棚にびっしりと入った大量の本、床に散らばった大量の紙、机の上には瓶の中に詰められた、なんだかわからない魔物の肉、ごぼごぼと釜の中で泡をたてる緑色の液体、部屋に漂う色んな薬品の入り混じった強烈な臭い。

「これは、あまり長居したくはないですな」

「ええ、メイは大丈夫ですか？」

「うん」

まぁ、もっと酷い場所に来た経験あるしね。

幼い頃は貧民街、聖女時代はアンデット退治、悪臭には耐性がある。

「アンデッドの腐臭に慣れている俺たちですら、これなのに……貴様は一体何者なのだ？」

「女の過去を探るのはよくないよ、副団長さん」

「ふ、ふん、貴様などに興味はない、興味はないのだ……だから、私の前でそのフードを取るんじゃないぞ、決してな」

「私のフードは封印か何か？」

フードは結局、副団長さんに強引に被らされた。

防御力が格段に下がるとか、よくわかんないことを叫んでいた。

ぴらぴらと断続的に紙をめくる音が部屋に木霊する。

お姫様とバルガス副団長が資料を確認していく。

全部を確認するのは時間がかかるので、今は大雑把な内容把握といった感じだ。

オーブは国の機密情報を盗んで逃げたらしい。

私が勝手に閲覧《えつらん》するのは不味《まず》いので、外から見守る形だ。

姫様が王宮に持ち帰る資料を吟味《ぎんみ》している間、暇なので周囲を見回していく私。

頭蓋骨だとか、魔物の眼球だとか、子供が見たら泣き出しそうな物が棚に保管されている。

よくもまぁ、こんなにグロテスクなのを大量に集めたものだ。

森で会った眼鏡君の地下施設も、こういう感じなのだろうか？

（……ん？　あれは？）

そんな中、見つけたのは記憶に新しい物だった。

棚の一角に置かれていたのは複数の石、悪魔の召喚石だ。

オーブはこんなものまで集めていたのか。

石を見て思い出すのはグレモリアスだ。別に彼とは仲がいいわけでもなんでもない。

だが、会えないと知ると、声が聞きたくなるから不思議なものである。

「……ふむん」

ここで、ちょっとした天啓《てんけい》が浮かんだ。彼と連絡を取るためのアイデア。

この召喚石を使えば、別の悪魔とは会うことができるし、もしかすると……。

欲しいなこの召喚石。でも物が物騒だし、理由をうまく姫様に説明することもできない。

いやでも、報酬は奮発してくれるって言ってたしね。素直に頼み込めばいけるかな？

色々考えて、お願いしようとしたところ。

「ねぇ、お姫さ……」

「こ、こここ、これはっ！」

急に大きな声をあげるお姫様。

「どうされましたか！　姫様！」

「これは……ルーク兄様の研究、そんな、まさか、このケルベロスの研究に兄様が？」

衝撃を受けた様子のお姫様、その様子を見た副団長さんが近くにくる。

「ルークって、確か……この国の第二王子様の名前だったよね」

「はい、そうです」

お姫様が神妙な顔で頷く。

「その兄様が、ケルベロスの研究をしていたと？」

「ええ、オーブは兄の研究を悪用し、ミニケルベロスを造り出した可能性があるみたいです」

「ふぅん……それ、私が聞いていいものなの？」

「よ、良くは……ないですね」

あ、やば……と失敗した顔のお姫様。間の抜けた感じがちょっと可愛い。

「ど、どうか内密にしていただけると幸いです」

「まぁ……いいけどさ」

それだけ動揺してしまったということだろう。

「ルーク……兄様、あの人は」

ここにいない兄を思い浮かべ、拳を握りしめるお姫様。

「ねぇ、副団長さん、ちょっといい」

「なんだ？」

「街で小耳に挟んだんだけど、姫様とそのルーク殿下って仲が悪いの？」

「まぁ、決して良いとは言えないな」

「王族としての責務を一切果たさず、好き放題に自分の研究にかまけて……いや、それだけならともかく、こんな研究をしていたなんて」

「お、落ち着いてください、姫様」

「ルーク兄様も、昔は可愛げある性格だったのに……それもこれもあの女と会ってから」

なんだかよくわからないけど、第二王子様に悪影響を与えた人物がいるらしい。

とりあえず今は、報酬の話をうまく進めるためにヨイショしておこう。

「困った女がいたもんだね」

「はい、風の大聖女メイフィート！　あの女に会わなければ！」

「……ん、んんん？」

も、物凄く聞き覚えのある名前が出てきたけど。

第二王子様と私が……会った？　え……いつ？　お、思い出せないんですけど。

「どうしました、メイ？」

「い、いや……なんでもないよ」

というか、ラバウルの王族と会った記憶がない。

でも姫様の語気の強さから判断するに、嘘ではなさそうで……。

「あの女が変えてしまった、ルーク兄様を、捻《ひね》くれ者に……」

過去に起きた事の詳細は不明だが、現時点でわかることは一つ。

頼み事ができる雰囲気ではなくなったということだ。冷静さを取り戻し作業に戻る二人。

（こ、これはもう……あれしかないよね）

幸いというか、お姫様と副団長さんは自分の作業に夢中である。

迷いは数秒、自然と私の手はお目当ての物の方へ動いていた。

し、仕方ない、これは仕方ないんだよ。

一時間ほどの作業を終え、いくつかの資料を片手に、オーブのアジトを出る私たち。

「メイ、今日はありがとうございました。貴方がいなければ、こうして外の空気を吸うことは叶《かな》わなかったでしょう」

「いいんだよお姫様、気にしないで。過去のことは一切忘れた方がいい」

「い、いいえ、そういうわけには……」

後日、正式な報酬を決めるために、銀騎士団から使者を寄越すそうだ。

まぁうん……最後に色々あったが、仕事は一応成功だろう。

微妙に心にシコリを残しながら、姫様や銀騎士団とともに王都に戻ったのだった。

閑話　三兄妹

　オーブの捕縛任務を終えた日の夜。隠れ家から王宮に報告に戻ったリーチェが、最初に向かったのは、第一王子のヘンリー王子の元だ。

　執務室の扉を開くと同時、黒髪の青年が椅子から勢いよく立ち上がる。

「リーチェ！　ああ……良かった。無事で」

「ご心配おかけしました……ヘンリー兄様」

　リーチェの実力は把握していても、元黒の団のトップであるオーブと戦うとあり、不安を抱いていたヘンリー。愛する妹の元に駆け寄って抱きしめる。

　二人の絆《きずな》を感じさせる挨拶を終え、リーチェはオーブの隠れ家で見つけた資料をヘンリーに手渡し、起きた事を説明していく。

「報告は以上となります。ヘンリー兄様」

「任務ご苦労だったリーチェ。牢屋にいるオーブへの尋問やアジトの詳しい調査はこちらで行うから、暫くは身体を休めて欲しい」

「お気遣い感謝いたします」

　ぺこりと頭を下げるリーチェ。

「……済まなかったな」

「ヘンリー兄様？」

「危険な任務だとわかってはいたが、そこまで危ない目に遭っていたとは」

もう少し戦力を割ければよかった……と、ヘンリーが心から謝罪する。

「謝らないでください、ヘンリー兄様、オーブは魅了魔法が使えます。下手な増援は逆効果になることは承知していましたから」

話題は深い部分へと移る。

「その、兄様は、このケルベロスの件、どう思われますか？」

「……」

真面目な顔に切り替わるリーチェ。

穏やかだった雰囲気が、一気に引き締まる。

「確認だけど、それはルークとの関連性……という問いで、間違いないか？」

「はい。もし、ルーク兄様がオーブのような研究をしているとしたら、王族であろうと許されるはずはありません」

「確かにアイツの研究には常人の理解の及ばないものが多い、強化ゴーレムを暴走させたりと、好奇心を優先したせいで、起きた事件はゼロじゃない。でもルークは、決してオーブのように他人の命を道具にしたり、一線を超える真似はしない」

「ヘンリー兄様、私もそう思いたいですが……」

ヘンリーははっきりと断言するが、リーチェは納得できない顔だ。

「ままならないものだな、兄妹関係は……」

「ヘンリー兄様？」

二人の仲が良くないことはヘンリーも把握していた。

しかし、機会を作って二人を会わせても、なかなかうまくいかなかった。

「リーチェ、皆が言葉にして、真っすぐ本心を伝えられるわけじゃない」

「……それはどういう？」

「とんでもなく不器用な人間もいるってことだ。変わったようで、ルークの芯は昔から変わってないと俺は思うぞ」

「……」

兄にはぐらかされたような気分になるリーチェ、大きくため息を吐く。

これ以上、この話題を続けても意味はないと判断する。

「なんにせよ、リーチェが無事で本当に良かった」

「ええ、メイには感謝しかありません」

「しかし、一体何者なんだ？　それほどの腕なら、既に名が広まっているはずだが……」

別れたメイフィートを思い出すリーチェ。

冒険者登録したての白魔導士だから……で納得するには、解《げ》せない部分は多く、兄の疑問も理解できる。

何故彼女ほどの実力者が、都合良く見つかり、しかもソロで冒険者をしていたのか？　リーチェとしても不思議だった。

「この国のことは殆ど知らない様子でしたが」

「念のため、探らせるか？」

「叩けば何か出てくるかもしれませんが、メイが私の恩人であることには変わりありません。恩を仇で返す真似はしないつもりです」

「リーチェがそう言うのであれば、俺からはこれ以上言うつもりはない。じゃあ、その娘にはしっかりと礼をしないとだな」

「ええ、勿論です」

今度会う時までに、考えておこうとリーチェ。

「そういえば兄様、話は変わりますが、私たちの生誕祭の準備は？」

「順調に進んでいる、父上（陛下）も張り切っている……今回は特にな」

「そうですか。兄様、例の婚約の話は……本当に？」

「ああ、身を固めるつもりだ」

今年で十八となる三兄妹。

貴族や王族であれば、幼少期に婚約者が決まることもある。

しかし三人にはこの年まで婚約者の一人もいなかった。

「色々と準備も進めている」

「準備、ですか？」

「まぁ、色々あるんだ……当日を楽しみにしていてくれ」

「…………」

口元に手を当てるヘンリー。

リーチェはヘンリーのことを尊敬している。

しかし、こうして隠し事をするところは好きではなかった。

「そうだ、よければそのメイって子を、生誕祭に招待したらどうだ？」

「よろしいのですか？」

「ああ、大切な妹の命の恩人だ。それだけの功績は十分にある。俺も直接お礼がしたいしな」

「では、誘ってみますね」

「ああ、でも無理強いはしないように、萎縮させたら申し訳ないからな」

「ええ、勿論わかっています」

頷き合うリーチェとヘンリー。

この誘いが後日、ある騒動へと発展することになるのだが、当時の二人はまだ知る由《よし》もなかった。

眼鏡君再び

「……ふふ、ふふふ」

手に持った硬貨の入った袋の重みに、思わず笑みが零れる。

姫様との仕事を終えた私は、当面の生活資金を手に入れた。

成功報酬は後だが、前金は冒険者ギルドを通して受け取っている。

そんなわけで私がやってきたのは以前転移した森の中、眼鏡君の家である。

「こ～ん～に～ち～は～」

「わざわざ言わなくても、来たことはわかってるよ」

ギギギ、と木の扉が開いた。

面倒そうに現れたのは白衣を着た眼鏡君。

「目立つ真似は避けてくれ、一応周囲には秘密なんだ」

「感知結界があるから大丈夫でしょ。挨拶は人間関係の基本だよ」

「……やれやれ」

大きくため息を吐く眼鏡君。

「言っておくけど、まだ魔法陣の解析は終了してないよ」

「数日でそこまでの成果を期待してはいないよ。今日は別の用だね」

「別の用？」

「うん、手を出して……」

怪訝な顔の眼鏡君、言われるまま伸ばした手に硬貨を手渡す。

私が先日、彼に借りていたお金である。

「律儀《りちぎ》だな、僕は構わないと言ったのに……」

「そこは私の気持ちの問題だからね」

受け取った硬貨を白衣のポケットに突っ込んだ。

「……それじゃ」

「もう帰るのか？」

「まぁね、作業の邪魔をしちゃ悪いし」

「なんだ、茶でも入れてやろうと思ったのに……」

意味のない、人付き合いは拒否するタイプだと思っていたが……。

「偶にはそういう日もあるというだけだ、他意はないよ」

「まぁ、君がいいんならお言葉に甘えようか」

歩いて喉も渇いていたし。それから私は建物の裏手の庭へと案内された。

そこには木製の椅子が二つとテーブルが用意されていた。

「そこに座ってくれ」

「ども、お……この椅子、座り心地がいいね。身体にジャストフィットするというか」

「荷重に応じて、形態変化するよう改良したフォレストツリーを素材にした椅子だからね」

「え……こ、これ、君が作ったの？」

「そうだよ、機能性重視の簡易なものだけどね」

「いやいやいや、十分凄いよ……」

器用だなぁ、本当に……、錬金術どころか大工の真似事までこなすなんて。

正面に眼鏡君、その反対に私が座る。

木々の間から差し込む柔らかい光を浴び、入れてくれた紅茶を楽しむ。

森林浴を楽しみながらの優雅な時間。

「…………」

「どうしたんだ？」

まぁ、何故か庭にある魔物の死体が気になったが……。

デデンと存在を主張しており、風情が台無しである。

眼鏡君は森で自給自足生活をしていて、魔物を偶に狩るそうだ。

「紅茶の味に変化があるわけではないだろう、気にしないでくれ」

「いやぁ、限度はあると思うよ、この紅茶と、滴る血液の色が同じだし……ごくり」

「言う割に、平然と飲むんだな」

「食べ物は絶対に無駄にしない主義なんだ」

でも、どうせなら、美味しく飲みたいじゃないの。

「これさ、全部食べるの？」

「さすがに一人だと余るよ。残った分は実験素材に、それでも余ったらマジックバッグに入れている。それと……時々」

「わんわんっ！」

「おおっ！」

突然、家の庭に可愛いお客さんがやって来た。

栗毛色の体長一メートルくらいの狼だ。額には半円の模様、確かムーンウルフだったかな。

ナイフで切り分けたハウリングベアーのお肉を、眼鏡君が放り投げると貪るように食べ始めた。

「妙に手慣れているけど、飼っているの？」

「まさか、勝手に餌をねだりにくるだけだ、一度あげたら、味を占めたようだね」

「ふぅん」

ポチに会えず、最近もふもふの成分が足りない私。触れようと手を伸ばすと、ムーンウルフはぺろぺろと私の手を舐めてきた。人懐っこくて穏やかな子だ。

「わんっ！」

食後、お礼を言うように吠えたムーンウルフ。そのまま、どこかへ走っていった。

「ちょっと意外だったよ、君がこういうことするのは……」

「そうか？」

「森にずっと一人だから、寂しくなって話し相手が欲しくなったのかな？」

「君、そろそろ帰っていいよ」

「じ、冗談だってば、もう……」

ぷい、と顔を背ける眼鏡君。

そのまま、ムーンウルフの去った方角を見つめる。

「僕が優しくしたのは……願掛けみたいなものだよ」

「願掛け？」

「今から、二百年ほど前、この国ではケルベロスの襲来があった。でも、どこから現れたのかはわかっていないんだよね」

なんか唐突に語り始めた眼鏡君。

「でも、有力な説はいくつかある、その一つが気候さ」

「気候？」

「ああ、その年は冷夏でね、植物も育たず大飢饉が起きたんだ。餌がないのは人間だけじゃない、動物や魔物もだ。餌が限られた中、生き残る手段は限られる。餌不足の中、窮地に陥った魔物が取る手段の一つに、魔物同士の融合があげられる」

三つの頭を持つ強力な狼……か、なるほど。

なんとなくだが、眼鏡君が優しくした理由がわかった。

ちょっと湿っぽくなってしまったので、話を切り替える。

「そうだ、お肉が沢山あるなら、ちょっとだけ私も貰っていいかな？」

「構わないけど、どうして？」

「決まってるでしょ、捧げるんだよ」

「……あ？　さ、捧げる？」

眼鏡君が訝し気な顔をする。

いけない、つい理由を正直に話してしまうところだった。

彼は聡《さと》いからね、発言には気を付けないとね。もう遅い気もするけど。

「君は前に言ったね、世の中には知らない方がいいことが沢山あると」

「………」

かなり強引に誤魔化す私。眼鏡君は大きくため息を吐いた。

「やれやれ、妙な真似はほどほどにな、ただでさえ、君は注目を集めているのだから」

「注目？」

「黒の団の団長であるオーブの捕縛のため、銀騎士団に協力した白魔導士というのは君だろう？」

「大正解、よくわかったね」

眼鏡君は私の実力の一端を知っているから、容易に想像できたようだ。

エリート集団に混じって活躍した新米冒険者、嫌が応でも目を引く。

そういえば朝、報酬を貰った時にたくさん視線を感じたね。

どこの世界でも出る杭は叩かれるし、気をつけて行動しろということだ。

「心配してくれてありがと」

「ふん、ただの忠告だよ」

素直じゃない男だなぁ、本当に……。

「それと、一応君に礼は言っておくよ」

「は？　礼？　何急に、どうして君が私に言うのかな？」

「さぁ、どうしてだろうね」

「モ、モヤモヤするなぁ」

追及するが、質問に答えてくれる気はないようだ。

「言わないんだったら、最初から口にしないで欲しいんだけど」

「隠しごとはお互い様だろう？」

「それを言われると弱いなぁ」

「ははは」

私の困った顔を見て、からかうように眼鏡君が楽しそうに笑う。

三十分ほど雑談を交わしたあと、眼鏡君が椅子から立ち上がった。

「さて……悪いけど、そろそろ」

椅子から立ち上がる私。眼鏡君はこの後も予定があるそうだ。

「紅茶、御馳走様……じゃあね」

「まぁ、気が向いたら、また来なよ」

ひらひらと手を振って、家を出る。

気のせいか、ちょっとだけ親交が深まった気がした。


メイフィートが去ったあと。

「また来なよ……か」

まるで来るのを望んでいるみたいな台詞だと、自嘲するように呟く。

（なんだかんだ、時間一杯まで、話してしまったな）

空になったテーブルのティーカップを片づけていると。

「今日は来客があったのか？」

「………」

現れたのはフードを被って、顔を隠した一人の男。

「予定より、来るのが早いな」

「五分前行動は基本だ、たった数分で相手の心象を下げるのは馬鹿らしいだろ」

「立場を考えれば、待たせてなんぼだと思うけど」

気さくに、やり取りを交わす二人。

「一人で来たのか？」

「ああ、お前もここを探られたくはないだろう」

「まぁ、そうだけど……」

人の口に戸は立てられない。

「またオーブのような盗人が現れないとは限らないしな」

「………」

「大丈夫だ、お前が作ったこの護衛アイテムは肌身離さず、身に着けているからな」

「絶対はない、過信は禁物だ」

「大丈夫、十分気をつけて行動してるさ」

フード男は忠告を軽口で流す。

これ以上は言っても無駄だろうとため息を吐く。

「それにしても珍しいな、俺以外の客なんて」

「探るのはいい趣味とは言えないな、ヘンリー兄さん」

「そりゃ引きこもりで有名な可愛い弟のお客さんだしな」

「…………ち」

露骨な舌打ち。不快な顔が眼鏡を掛けていても伝わってくる。

「この場所は王族の直轄管理地だ。一部の存在しか知らない……興味も湧くだろ」

「……」

「まぁ、警戒心の強いお前がソイツを認めたんなら別にいい。今日は俺たちの生誕祭の件で相談に来たんだ。立ち話もなんだし、紅茶を入れて欲しいな、ルーク」

「王宮のメイドが入れた一級品に慣れている兄さんの舌には、合わないと思うぞ」

「いいって、いいって……」

「やれやれ……不味くても文句は言わないでくれよ」

面倒そうに建物の中へと戻っていくルークを楽しそうに見送るヘンリー。

「うん、とても美味しい」

「世辞はいらないよ」

「嘘じゃない。ルークが入れてくれるだけで、俺は嬉しい」

紅茶を飲むヘンリー。その笑みは気を遣っている雰囲気はなかった。

どことなく照れくさくなり、ルークは本題を切り出す。

「ヘンリー兄さんもいよいよ、結婚か」

「ああ、正直俺は結婚に憧れはないが、後継ぎを作るのは王族の義務だしな。下二人は異常なほど癖が強いし、長男の俺が頑張らないと」

「それは皮肉で言ってるのか？」

「事実、俺はルークやリーチェと違って、凡人だろ？」

「兄さんは……普通が、人並みであることが、どれだけ大切なことか、理解していない」

「え、ここ……叱られるところなのか？」

「別に皮肉じゃないぞ……こんな俺だからこそ、付いて来てくれる人も大勢いる。どんなに優秀でも、ルークやリーチェを父上は選ばなかった。それはただ、長男だからって理由じゃない」

まさかの流れに戸惑うヘンリー、コホンと咳払いをしたあと。

乱世で求められるのは強いリーダー、俗に言う英雄だ。

しかし、ケルベロスの襲撃が起きた時代ならともかく、今は大きな争いも起こっていない。

時代ごとに相応しい王の姿は変わると語る。

「ところでルーク……もう、例のものは出来上がっているのか？」

「ああ、問題ない……効能は本物にてんで及ばないけどね」

「助かる。でもいいのか？　元は彼女にプレゼントするものだったんだろう？」

ヘンリーがルークに問いかける。

「あくまで、一時的に貸すだけだ」

「ルークは、変に律儀というか健気《けなげ》だよな」

「言っておくが、この話は……」

「わかっている。誰にも言ってない。父上もアレの全部は知らないしな」

念を押すルークに頷くヘンリー。

「にしても、ルークは本当に不器用というか、真っすぐなリーチェとは対極だな。このままじゃ、リーチェは何もわからないままだぞ」

「別に今のままでいい」

きっぱりと言うルークに困り顔のヘンリー。

「兄としては二人に仲良くして欲しいんだが」

「元々、僕はリーチェとは性格的に合わない。無理して合わせるつもりもない」

「やれやれ、まぁ今はいい。でもいつかはリーチェも呼んでここで紅茶でも……俺はそう思っている、覚えておいてくれ」

「……よくそう、恥ずかしいことを言えるな」

「お前には、それぐらいははっきり言わないと伝わらないだろ」

ルークの態度にため息を吐くヘンリーだった。

悪魔ガチャ

「ふふ～ん、ふん」

眼鏡君の家を出た私は、鼻歌混じりに森の中を歩いていた。

街には戻らず、より森の奥深い場所へと。

「お、ここだね」

一時間ほどして見えたのは小さな湖、人もおらずとても静かだ。

ここなら、周囲に配慮せずに目的を果たせそうだ。

「さて……と、それじゃあ早速始めましょうか」

ギルドで購入した荷袋にごそごそと手を突っ込む。

袋から取り出した黒い石を、空へと掲げる。

「ふふふ、悪魔の召喚石、これがあれば」

オーブの隠れ家でくすね……いや、報酬で貰ったアイテムだ。

これを割ることで悪魔を召喚することができる。

私が何故、この石に着目したのか？

それは出てきた悪魔がグレモリアスを知っている可能性に賭けてだ。

同じ悪魔同士、間接的に連絡を取る手段もあるかもしれない。

ついでに、念話が成功しない理由も知っているかもしれない。

眼鏡君から余ったお肉を貰ったのは、悪魔が現世で具現化するための生贄《いけにえ》に使えるからだ。

石をたたき割ると、もくもくと黒煙が空へ昇っていった。

「さぁ……顕現せよ悪魔、我が声に応えたまえ！」

別に叫ばなくてもいいんだけど、ちょっと雰囲気出してみた。

出てきたのは二翼の悪魔だ。見た目は四十代の髭を生やしたナイスミドルといった感じ。

子爵級悪魔、悪魔のランクとしては中程度の存在だ。

「ほう、これは……実に私好みの若い娘だ」

悪魔が吟味するように私に視線を送っている。

「しかも最高に美しい魂を持っている。契約を望むのだな？　よかろう、貴様を手に入れられるのならば悪くない」

「いいや、そういうのはいいよ」

「……は？」

キョトンとする悪魔さん。

「じ、じゃあ、なんで私を呼び出した？」

「うん、会いたい人がいるんだ、遠い場所にいてね」

「死者とでも会いたいのか？」

「いいや、そういうのじゃないよ。生きてるけど、わざわざ行くのがとても面倒でね」

「…………っ」

「その人は君と同じ悪魔なんだけど、もし知ってるなら、連絡を……」

わなわなと震えだす悪魔の体。

「って、あの……私の話ちゃんと聞いてる?」

「つまり、貴様は我を、小間使い扱いしようとしていると?」

「いや、できる範囲で対価は払うよ、だから」

「に、人間風情がっ、この私を侮辱しおって! 許さんぞおおおっ!」

悪魔さん、怒るのが突然すぎない? 何か彼の地雷を踏みぬいたようだ。

「死ねええええ、小娘ええええっ!」

「……もう」

空から襲ってくる。反射的に戦闘態勢をとる私だったが……。

「っんな! ななな、ここ、これは……っ!」

私の前で、おじさん悪魔の腕は、時が止まったようにピタリと静止した。

額からは冷や汗を浮かべ、顔は真っ青で全身はガクブル状態だ。

彼はズザザと音をたて、地面に着地し……。

「ももも、申し訳……ございませんんんっ! 二度とこのような真似は致しませんので、どうかお許し、お許しをおおおおっ!」

「…………」

激しく額を地面に擦りつける。いわゆる、ジャンピング土下座をかましてきた形だ。

「いや、驚いたけど、そこまでしなくても、君なりの理由があったのかもしれないし……」

「ひ、ひいいいいいいいいっ、すみません、すみませんっ！」

「だから、あの、顔をあげて……ね」

結局、私の話も聞かず、空間に飲み込まれるように悪魔は消えた。

何がなんだかわからないまま、静寂が戻ったのだった。

「ま、まぁ……いいか」

まだ召喚石は残っているしね。

と、気楽に考えていた私だったが……その判断は間違いだったことに気づく。

「勘弁してください、お許しをおおおおおっ！　私には、貴方様と敵対する意志は一切ございません、どうか命だけは見逃してくださいいいいっ！」

ど、どうなってんの、これ？

最初は普通に出てくるのに、どの悪魔も突然豹変して謝罪を始める。

私に怯えているのかと思ったが、それとも違う。

彼らの意識は、もっと別のものを見ているような気がした。

召喚石の数には限りがある、事情を強引にでも把握しないとダメだ。

「は、離してくれ！」

「絶対に逃がさないよ、君が理由を話さない限りはねぇ」

謝罪して悪魔界に戻ろうとする男爵級悪魔。逃亡防止のために首根っこを捕まえる。

「頼む、頼むからあああっ！」

「ふふふ、吐けばすぐに解放してあげるよぉ」

外から見たら、どっちが悪魔なのかわからない光景だろう。人がいなくて良かった。

「もし、逆鱗に触れることになったら、俺はあああっ」

唇が震え、尋常ではない怯えようである。

「逆鱗って誰の？」

「決まっている、あのお方……あ」

そんな時だった。空間にピシピシと亀裂が入り始めたのは……。

「…………む？」

怪訝に思っていると、現れたのは六翼の赤髪の悪魔。

とても見覚えのある存在で……。

「グレモリアス！」

「メイフィート、き、貴様という女は……」

まさかの本人のご登場にびっくりする私。

「いやぁ、まさか、直接会うことができるなんて思わなかった。良かったぁ」

「…………良かったじゃない」

グレモリアスは私の元へとゆっくり近づいてきて。

「い、いだだだ、ちょっ」

「このたわけが！　一体、何を考えているんだ……貴様はあああっ！」

耳を引っ張りながら、叫ぶグレモリアス。

「あ、あああ……グレモリアス様、申し訳ありません」

「……あ？」

グレモリアスが男爵級悪魔を睨む。

「こ、今回の出来事は偶然で、決して貴方様を害したり、横やりを入れようとする意志はなく」

「いい、すべてはこの女が悪い。不問にするから、貴様はとっとと失せろ」

「は、はいいいいいいっ！」

鬱陶しそうに、ヒラヒラと手を振るグレモリアス。

慌てたように男爵級悪魔が消えていく。その様子を見て、ピンとくる私。

「なるほど、悪魔たちが怯えていたのはグレモリアスにか」

「我は最高位である公爵級悪魔だ。悪魔の世界は上下関係に厳しい。人間の身分制度以上にな」

悪魔の階級は圧倒的な力の差を表す。

人間の貴族権力などと違い、実質的な強さはそう変動するものではない。

悪魔は不老で不変、だからこそ身分は絶対的なのだと話す。

「下級悪魔どもから、悪魔界にいる我の本体の所に、謝罪連絡が引っ切りなしに飛んでくるから、何事かと思ったぞ」

私とグレモリアスは魔力のパスが繋がっているそうだ。

最高位悪魔との関係に、自分たちが横槍を入れたことを知り、グレモリアスの制裁を恐れた悪魔は逃亡しようとした。そういう流れみたいだ。

「それにしてもグレモリアス、どうやってここまで来たの？」

「悪魔の召喚石だ。前にリドルブで見せただろう」

　ああ、あの時か。仕事が忙しいから眷属《けんぞく》を呼びたいとか言ってたね。

「本来は悪魔界とゲートを繋いで悪魔を呼ぶためのものだが、我なら世界内での転移に使用することも可能だ」

「なんでもあり過ぎじゃない、君」

「言っておくが、無制限に移動できるわけではない、召喚石は使い捨てだ。往復で二個消費する」

　いや、それでも相当凄いけどね。

「以前、君に抜けているところがあるなんて言ってごめんね」

「改めてわかったか、我の有能さが」

　大変失礼な発言をしてしまった、反省である。

「ところで、私の持っている石が余ってなかったら、どうするつもりだったの？　リドルブに帰れないよね」

「……そ、そんなことより、貴様はここで何をしているんだ」

「と、そうだったね」

　なんか誤魔化された感じがしたが、話を進めることにする。

　以前ウインブル王国で手に入れた神霊鋼の加工法を探しにラバウルに来たが、移動に使った転移魔法陣の故障により一文なしに、と状況説明。

「君にも念話で連絡を取ろうとしたんだけど、うまくいかなくてね。そこで間接的に君にコンタクトを取ろうと悪魔を呼んだんだ」

まぁ結果的には成功した。色々と面倒なことにはなったけど。

聞いたグレモリアスは呆れ顔だった。

「おい、我は貴様の魔力を定期的に補充しないとこの世界に存在できんのだぞ、わかっているのか？」

「ごめんよ、危ないところだったよね」

「たわけが……メイフィート、貴様は以前、我をビジネスパートナーと言ったな」

「うん、言ったね」

「そうか、ではそんな貴様に我は金言を授けよう」

すうぅ、と大きく息を吸い込むグレモリアス。

「報告！　連絡！　相談！　ビジネスの常識だ！」

「………」

「他人事のような顔してないで、復唱しろ！」

「ほ、報告……連絡……相談」

「もう一度だ！　腹の底から声を出せ！」

「ほ、報告！　連絡っ！　相談っ！」

「ホウレンソウだ、よぉく心に刻み込んでおけ！」

私は悪魔に何を教わっているんだろうか？　でもなんか、逆らっちゃいけない空気だ。

「このぽんこつ大聖女が！」

「だ、男性は多少抜けている女の方が庇護欲を抱くと聞くよ」

「たわけが、貴様のソレは抜けているのではなく、雑なのだ」

「な、なんという言い草」

「事実だろう、竜などの強者の思考回路と同様だ。だからリスク管理が雑になるんだ」

まさかの人外扱いである。怒られながらも、一通りの事情を説明し終える私。

心配したポチが私の情報を求めて、グレモリアスに会いに来るかもしれないし、その際の伝言役になってもらうことにした。

やれやれと言いながらもグレモリアスは頷いていた。

「結局、どうして念話は使えなかったの？」

「おそらくだが、これだ」

グレモリアスが袖を捲ると、腕輪が見えた。

風の神殿を出た際に、フラウから旅の餞別にと貰った物だ。

念話に必要だからと、グレモリアスに預けていた。

「念話の中継機の役割を果たす腕輪の魔力が不足している」

距離があるほど、正確な受信が難しくなるとのこと。

リドルブからラバウルは、北の地の何倍も距離がある。

「メイフィート、腕輪に魔力を流せ、念話を使えるように強化する」

「わかった」

指示通りに動き、念話の問題は無事に解決した。

次にいつ会えるか不明なので、グレモリアス本人にも魔力を多めに譲渡しておく。

「ではな、領主が長期間留守にするわけにはいかない、我は戻るぞ」

「うん、よろしくね」

「もし何かあれば連絡しろ」

「わかった。ちなみに、私も一緒に転移で戻ることはできないの？」

「これは悪魔だけの特殊な転移法だ。次元の狭間《はざま》に落っこちてもいいなら、構わんが」

「あ、じゃあいいです」

「それが賢明だ」

そんなやり取りのあと。グレモリアスはリドルブに戻っていったのだった。


ねちねちと叱られた私だが、グレモリアスとのコンタクトには成功。

森での用事も済ませたので、ゆっくりと街へと戻ることにした。

残る召喚石もグレモリアスに渡しておいた。

私が持っていても意味はないし、彼の方が有効活用できるだろう。

夕方、王都の門に辿り着き、街の中に入ろうとしたところ。

「君がメイという白魔導士か」

「そうだけど？」

「姫様が会いたいとのことだ。これから銀騎士団の宿舎に案内するから付いてきてくれ」

門にいる兵士に引き留められる。

昼間、銀騎士団の遣いが私の泊っている宿を訪れたが、留守だったので、戻ってきたら連れてくるように、頼んでいたそうだ。

銀騎士団の宿舎は門から歩いて十五分ほどの場所にあった。

大きな三階建ての石造りの建築物だ。近くには大きな屋外訓練所も見えた。

「メイ殿をお連れしました」

「ご苦労様」

役目を終えた兵士は去り、私とお姫様の二人きりに……。

「メイ、申し訳ありません、わざわざ足を運んでもらって」

「いいよ、こっちもタイミングが悪かったね」

「いえいえ、特に時間を指定したわけでもありませんから」

本当に腰の低いお姫様である。

「お呼びしたのは、先日のオーブの報酬の件についてです」

話の内容は予想通りである。

現在、オーブは王宮の地下牢獄にいるそうだ。

「まずはこちらを受け取ってください」

「お、重っ！」

お姫様に渡されたのは袋一杯に入った金貨だった。

「ちょっと貰い過ぎじゃない？」

「今回メイは、それだけの仕事をしてくれましたから」

まぁ、お金はいくらあっても困らない。

今後、こんな大口な仕事が受けられる保証はないし、素直に受け取っておこう。

しかし、なんだろうね。金貨の重みから感じるこの充足感は……。

「……ふふふ」

「見せちゃいけない、凄い顔していますよ、メイ」

「おっと、失礼」

と、いけない、いけない。

「喜んでいただけて良かったです」

「ありがとうね。ただ、お金も勿論ありがたいんだけど」

「ええ、メイは何やら知りたい情報があるとのことでしたね」

「うん」

さて、どう話を切り出したものか。

まぁ私は交渉事が得意な性格でもない、一気にいこう。

「この国の王族は神匠ザウルの子孫と聞いている。私はザウルのある情報を探している」

「また、踏み込んできましたね」

姫様の表情が真剣なものに変化する。

「情報というのは、具体的には？」

「とある素材の加工技術の一端、かな」

「加工技術ですか？　神匠ザウルは惜しみなく、周囲に技術を伝えたと聞きますが」

「一般レベルの情報なら、王族の姫様と話をする意味はないよ」

「何やら……メイの中で確信がありそうですね」

じっと私の顔を見るリーチェ姫。

「回りくどい言い方は嫌いだから、単刀直入に聞くよ。神霊鋼って聞いたことがない？」

「神霊鋼、ですか？」

キョトンとした顔のお姫様。

「存じませんね、少なくとも私は……」

「…………そう」

とぼけている感じもなさそうだ。

ザウルは遥か過去に生きた人物だ。お姫様が知らなくても不思議ではないが……。

「申し訳ありません。メイの役に立ちたいのは山々なのですが……」

「ううん、知らないものはしょうがないよ」

さて、どうしたものか。あっさりと否定されてしまったぞ。

「名前すら聞いたことがない素材ですが、メイはどうしても必要なのですか、その情報が……」

「うん、どうしてもね」

口元に手を当てて考えるお姫様。

「もしかしたら……ルーク兄様なら、知っている可能性はあるかと、兄様は、そうした過去の王国の遺産の研究もしていたはずですから……」

「どうにか話す場を設けてもらうことはできる？」

「正直、あまり気乗りはしませんが……」

渋い顔をして、困ったように呟くリーチェ姫。

「兄は変人ですし、会っても素直にメイの話を聞いてくれるとは……」

「これでも、変人との会話は得意なんだ」

「な、何故でしょう？　メイが言うと妙な説得力がありますね」

少し逡巡したあと、お姫様が呟く。

「わかりました。では、明日夜の私たちの生誕祭、メイも参加しますか？」

「せ、生誕祭？　そんな飛び入り参加みたいなことをして大丈夫なの？」

「メイの参加については、既にヘンリー兄様からは許可を得ていますので」

いつの間にか、そんな話が進んでいたらしい。

妹の命を救ってくれたお礼だとか。

三つ子の生誕祭なので、当然第二王子様も参加する。

王族のパーティとか、大聖女時代を思い出す。

普段なら乗り気にならないが、他に手段があるわけでもない。

それじゃあ、と……姫様にお願いすることにしたのだった。

生誕祭（前半）

生誕祭の誘いを受けた日の夜。ベッドに仰向けになり、私は色々と考えていた。

過去に私が会っていたらしい、第二王子のことだ。

「……うぅん、ダメだ」

当時のことが思い出せない。大聖女になってから、幾つかの国の使節団が神殿を訪ねてきたが、ラバウル王国に関する記憶はない。

私は覚えのいい方ではないけど、さすがにどこの国が来たかくらいは覚えている。

（もしかすると、大聖女になる前……か？）

いやでも、立場のある大聖女時代ならともかく、昔に王族と会う機会なんて……。

「ああもう……やめやめ」

考えすぎて余計わからなくなった。当日に期待しよう。

第二王子は変人と聞くし、生誕祭で会えば思い出すかもしれない。

さて、寝る前に……と。

「と、いう感じで現状は推移しております、悪魔公爵様」

「……」

昼間に厳しく言われたことを思い出し、グレモリアスに念話で連絡。

「別に何もないなら、無理に連絡しないでいいぞ」

「ホウレンソウは大事って、言ったじゃん」

「定時連絡しろとは言っていない。大体、今日直接会っただろうが」

そうなんだけどね。まだ眠くなかったし、暇だったんで。

「いやぁ、君がいると私は孤独を感じずに済むね」

「暇つぶしに我を巻き込むな。生憎《あいにく》だが貴様と世間話をする趣味はない」

「あ、ちょっ！　そんなこと言わずに……もう少しっ」

ぶつりと念話を切られてしまった。なんともクールな悪魔である。

仕方ない……まだ眠くないけど、頑張って寝るか。


そんなこんなで、翌朝になった。

生誕祭は今日の夜から開かれるという。

しかし、朝ごはんを食べて、準備を……と思ったところで、今更ながら問題に気づく。

ドレスとかどうしよう？　準備する時間が全然ないぞ。

さすがにこの白ローブじゃ絶対浮くよね。個性で押し切れないかな？

いやでも、変な恰好したら招待してくれた姫様にも恥をかかせる。

どうしたものかと悩んでいると、宿の外で馬車の止まる音がした。

降りてきたのは三人のメイドさんたち。

「メイ様……で、間違いありませんね」

「ええと、はい」

「姫殿下の命を受けて貴方様を、王城よりお迎えにあがりました」

丁寧に一礼するメイドさんたち。

今日一日、私が生誕祭に参加するためのサポートをしてくれるらしい。

お姫様が気を利かせてくれたそうだ。本当に有能な女の子である。


そのまま馬車に乗り込み、王城へ。

ウインブル王国の王城に負けず劣らずの大きな城が見えてくる。

城の中に入り、連れて来られた部屋にはたくさんの服や装飾品が保管されていた。

私のドレス選びを担当するメイドさんが腕まくりする。

試着のため、フード付きローブを脱ぐ。

「よろしくお願いね」

「これはまた、選びがいのある素材が来ましたね。腕が鳴ります」

そうしてドレス選びが始まった。

空いた休憩時間も、会場での立ち振る舞いとかを教えてくれる。

パーティに参加するのは久しぶりで、ちょっと忘れていた部分もあったが……。

「……殆ど出来てますね」

メイドさんが感嘆として呟く。しこたま叩き込まれたからねぇ。

私を追い出したウインブル王国の連中は、礼節にやたら煩《うるさ》かったし。

と、昔を思い出していると。

「準備は進んでいますか？　メイ」

「「ひ、姫様！」」

慌てて一礼するメイドさんたち。お姫様は私の様子見にやって来たらしい。

「正直、殆ど教えることがありませんね」

「凄いのですね、メイは……魔法だけでなく」

もう少し苦戦する演出をした方が良かったかな。

肩書は冒険者、会場ではもう少し手を抜いた方が自然かもね。

「今日は色々と手配してくれてありがとうね、姫様の準備は大丈夫なの？」

「はい、時間のかかる準備は終了しましたので……」

「そっか、なら、ちょっと今時間ある？」

「ええ、少しなら」

せっかく会ったわけだし、聞いてみよう。

「ルーク殿下って、どんな人？　円滑な会話をするために聞いておきたくて」

「あの、それ、私が知りたいぐらいなんですが……」

それでも、口元に手を当てて一応考える姫様。

「実の兄にこんなことを言うのはなんですが、変な人です。生粋の研究者で、知識の探究者であり、好奇心旺盛、わからないことがあったらそのままにしない」

「ふむ、でも別にそれは悪いことじゃないよね」

「ええ、まぁ……ええ」

お姫様が唸りながら、首を縦に振った。

「確かにそんな兄だからこそ、凡人には不可能な発明もする。勿論兄にも、いい面はあるんです。あると思うんです、きっと、あるんです……たぶん」

ど、どんどん自信がなくなっていくね。

「やはり兄妹仲が悪いというのは、周囲を不安にさせます。私も歩み寄ろうとしたことはあるんです……がっ！」

拳を震わせ、語気を強めるお姫様。こんな彼女を見たのは初めてだ。

その態度でお姫様との関係性は改めて把握できた。

「私だって、こんな黒い感情を抱《かか》えたくありません。ですが……」

「ま、まぁ誰だってそういう人はいるよ、たまたまそれが血の繋がった人ってだけさ」

フォローするように呟く私だった。

「ご、ごめんね、大事な日なのに、変なこと聞いちゃって」

「い、いえ……私もちょっと愚痴っぽくなってしまって」

コホンと可愛く咳をするお姫様。

「今日はルーク兄様のエスコートで入場するので、感情を外に出さないよう、気をつけないと」

ドレスも、今日の兄の恰好と合うよう、何時間もかけて選んだそうだ。

思うところはあっても、するべきことはする。律儀なお姫様らしかった。

そうして、姫様が自分の仕事へと戻っていく。

それにしても……第二王子がそんな濃い人物なら、記憶に残っているはずなんだけど。

あ、でも前に姫様、私と会ってから変わったって言っていたね。

第二王子に影響を与えた大聖女が、私だって彼女に知られたらどうなるんだろう？

これから始まる生誕祭に不安を覚えるが、もう後戻りはできない。

その時は覚悟を決めるしかないだろう。


メイドさんによって着々と私の準備は進んでいく。

「ドレス、とてもお似合いですよ、メイ様」

「ありがとう、でも着せ替え人形はもう疲れたよ」

「ふふふ、素材がいいので、楽しくなってつい」

選ばれたドレスは白と青を基調としたシンプルなものだ。

一応、派手過ぎないデザインでお願いしたつもりだ。

それからはコルセットを嵌めたり、化粧諸々を施してもらう。

そして一時間後、参加準備が完全に整う。

「綺麗ですよメイ様、許されるなら氷漬けにして永久保存したいくらい」

「あ、ありがとう」

恐ろしい発言をするメイドさんと別れて会場へと向かう。

いよいよ生誕祭の開催時間になった。

さっき姫様に貰った招待状を受付で見せると、会場に入ることができた。

王城の巨大ホールに、上質な服を着た貴族たちが集まって談笑している。

入場時間は貴族ごとに決まっており、偉い人ほど後になる。

今いる貴族は伯爵から下だそうだが、現時点でもかなりの人数だ。

公爵や辺境伯となると数は少なく、現時点でも殆どの貴族が揃っている。

テーブルの上にはたくさんの料理が並んでいる。香ばしい匂いを漂わせるお肉、新鮮な果物もずらり、デザートも色んな種類が取り揃えてある。

鳥を模した飴細工とか、どれだけ手間暇かかっているんだろう。

「……お、おい、あの青髪の子、誰だ？」

「あんな綺麗な令嬢いたか？　一体どこの家だ？」

「は、話しかけてみようかな」

気づくと若い男性貴族たちが、こちらを見ていた。

ちらほらと感じる視線を回避するために……。

「そこのメイドさん、ちょっといいかな？」

「あ、はい」

ちょいちょいと、近くのメイドさんを呼び、料理を取り分けてもらう。

特に知り合いもいないので、王族の登場時間まで、ひたすら食べることにした。

「その子羊肉と、あとそのフルーツポンチと、あとは……」

「……だ、大丈夫ですか？」

「食べられるから平気、平気……」

「いえその、そういう意味でなく……」

こうしたパーティの料理は、少しずつ口に運ぶものだ。

会話中に、咀嚼《そしゃく》していたら、相手を不快にさせる。

マナーを重んじる貴族、こうすれば話しかけにくいはず。

元々冒険者という肩書で参加しているので、言い訳は聞くだろう。

こんもりと皿に載せられた料理、早速いただきましょう。

「ん～♪　最高♪」

どれを食べても美味である。いくらでも食べられそうだ。

（ふんふ～ん……次はどれにしようかな、おや？）

食べていると、私は違和感を覚えた。

生誕祭が始まってそれなりに時間が経過したのに、殆どの料理が手を付けられていない。

こんなに美味しいのに、勿体《もったい》ない。

メイドさんに頼んで追加で皿に分けてもらう。

切り分けるのを待っていると、背後から感じる視線。

「ねぇ、見てよ、あの子、何考えているのかしら……」

「こんな大事な日にドレスを汚したらどうするのかしら？」

「私なら怖くて食事なんてできないわ」

「……ん？」

蔑《さげす》むように私を見ている令嬢がいた。

さすがに「何見てんだ、お？」と、もめ事を起こす真似はしないが、どことなく変な感じだ。

最初は気づかなかったが、会場全体が妙な空気。

令嬢たちがどことなくピリピリしているというか。戦場の中みたいな緊張感がある。

私が怪訝に思っていると……。

「め、メメメメメ、メイ、メイッ」

「あ、こんばんは」

ヤギみたいな挨拶で登場したのは、銀鎧を装備した騎士。

先日の依頼でご一緒したバルガス副団長。

しかし、所作《しょさ》がなんともぎこちない。

「あ、来ていたんだね。て、どうしたのその動き？」

「わ、私はいつも通りだ」

「いや、あきらかに変だから、石化の呪いでもかかった？」

「っ！」

心配した私は副団長さんに近づくが、慌てて後ろに離れる。

「あ、あんまり私に近づくな」

「え、えと」

顔がなんか林檎《りんご》のように赤い。

気持ちを落ち着かせるように、何度も深呼吸をしていた。

まぁ、大丈夫だって言うんなら……いいけどさ。

広い会場、他は私の知らない貴族や国内の要人だらけ。

こうして顔見知りがいるのは、少しだけありがたい。

「しかし貴様、どれだけ食べるつもりだ。口元にソースが付いているぞ」

「おっと……」

「て、手袋で拭こうとするな、馬鹿」

「あ、危ない危ない」

一瞬、白手袋で拭こうとしてしまい、慌てて踏みとどまる。

慌ててハンカチを差し出してくれる副団長さん。

「やはり姿は変わっても、貴様はそのままだな」

「それはそうだよ」

「変に緊張して損した、全く」

溜息を吐く副団長さん。なんで、私と話すだけで緊張するんだろうか？

そうだ、せっかく知り合いが来たことだし……。

「ねぇ、ちょっと聞きたいんだけど」

「なんだ？」

「なんかこのパーティ会場、ピリピリしてない？　特に令嬢たち、いつもこんな感じなの？」

「いや、今日は特別だ。まぁ、外から来た貴様が知らないのは無理もないか」

そう言い、副団長さんが説明してくれる。今日のパーティは例年通りの生誕祭ではない。

第一王子様の婚約者探しをするという話だ。そういえば、街の噂で小耳に挟んだね。

「ああ、だから空気がピリピリしているんだね」

「そういうことだ」

令嬢たちは牽制《けんせい》するように互いを見合っている。

私が、いや私こそが……と、未来の王妃の座を狙っているのだろう。

「でも、婚約者探しってこんな突発的じゃなくて、諍《いさか》いが起きないように、裏で進めるものじゃないの」

「それは……な。きっと、殿下や陛下なりに考えがあるのだろうよ」

まぁ、好きにやればいいけどね、私には縁のない話だ。

悪趣味だが、見世物《みせもの》としてはなかなか面白い。

そうして外から眺めていると……。

「……おや？」

「なんだ」

会場の一角が少し騒がしいことに気づく。

副団長さんと、そこに近づいていくと。

「あ、わ、私の……」

「わ、わわ、私は悪くないわ、貴方がボ～ッとしているのが悪いのよ！」

そう言い、そそくさと離れていく貴族令嬢。

視線の先には七歳頃の可愛らしいフリルのドレスを着た子。

床にぺたりと膝をつき、呆然としていた。

「き、今日が、デビューだからって、お父様が買ってくれたのに……」

令嬢と女の子がぶつかり、ペンダントが割れてしまったようだ。

床には透明の石の破片が散らばっている。

あそこまでバラバラになると修復は難しいだろう。不幸な事故という奴だ。

「う、うわああああん！」

なかなか泣き止まない女の子。何事かと周囲の視線を集めている。

しかし、皆傍観しているだけ、なかなか動き出さない。

今日は大事なイベントがあるし、騒動に巻き込まれたくないのかもしれない。

仕方ない、このまま見ているわけにもいかない。

私は女の子の隣にしゃがみこむ。

「もう、泣いていたら、可愛い顔が台無しだよ」

「でも、でも……うう」

目線を合わせて、優しく語りかける。

一生に一度のデビューが台無しになってしまったのだ。泣くのも無理はない。

なんとかしてあげたいだけど……どうしたものかな。

私が身に付けている装飾品をあげたいが、姫様から借りた物だしね。

勝手に渡すわけにもいかない。まぁ、優しい姫様なら許してくれそうだけど……。

「そうだ」

地面に散らばった半透明の宝石たちを見てアイデアが浮かぶ。

「ちょっと、そのままじっとしていてね」

「え、う、うん」

困惑しながらも頷く女の子。私は床に落ちた宝石の破片を集めていく。

「お、おい、手を切るぞ、そういうのは私が……」

「平気だって、ちょっと待っててね」

心配するバルガス副団長をよそに作業を続ける。

落ちた破片を拾って、女の子のドレスへと取り付けていく。

素材に傷が付かないように配慮しながら……。

「貴様、何をするつもりだ？」

「ふふふ、まぁ見てて……今からとびっきりの魔法をかけてあげるね」

私は女の子に向かって微笑み、手を伸ばす……その直後。

「……わっ」

驚く女の子。私の魔力を宝石に付与したことで、ドレスにはめ込んだ宝石の欠片《かけら》が輝き出した。

光の装飾品が、失ったペンダントの代わりに、彼女の見目《みめ》を一瞬で引き上げる。

「……お、おぉ」

「な、なんと美しい」

その光景を見た貴族たちが感嘆の息を零した。

「……き、綺麗」

「効果は今日限りだけどね、私からのプレゼント」

うっとりとドレスを見る女の子、無事に笑顔を取り戻してくれた。

「光っている部分は触らないでね、ちくっとするから……」

「はい！　私、こんなに素敵なドレスを見たのは初めてです！」

「うんうん、そうやって笑っている方が君は百倍可愛いよ」

「……えへへ」

にこりと微笑みながら、よしよしと頭を撫でてあげる。

女の子はちょっと恥ずかしそうにしていた。

「あ、ありがとうございます！　お、お姉様！　が、頑張ってくださいね」

「うん？　頑張るって何が？」

「わ、私、お姉様に王妃様になって欲しいです、応援します！」

ああ、そういうことか。

「ありがと、でも私は偶然この場に参加しただけで、そのつもりはないんだよ」

「そ、そうなんですか、ちょっと残念です」

その後、騒ぎに気づいた父親らしき人物がお礼を言いに来た。

笑顔になった女の子に手を振って私は離れる。

「良かった、元気になってくれて」

「………………」

そんな私をじっと私を見るバルガス副団長。

「どうしたの、黙って？」

「やはり貴様は……無自覚過ぎる」

「……へ？」

副団長さんがそんなことを言う。その理由が判明したのは間もなくのこと。

「お優しいご令嬢、突然話しかけて申し訳ありません」

「う、麗《うるわ》しき貴方様のお名前をお聞きしてもよろしいでしょうか？」

「ちょっ、何抜け駆けしてんだお前たち！」

「……お、おおう」

若い貴族男性たちに詰めかけられる私。

「貴様はもう少し自分が周囲にどう見られているか、自覚しろ……あんな聖女みたいな顔を浮かべて、自分はフリーだって、宣言したらこうなる」

俺が食い止めておくから先に行け、と副団長さん。ここは緊急退避である。

喧噪から逃げるため、城の二階のバルコニーへと移動することに。

肌に触れる夜風が心地いい。

眼下には庭師により、見事に手入れされた庭園がライトアップされている。

とりあえず、王子様が会場に入場するまで、ここで待機しよう、

柵に寄りかかり時間を潰していると……。

「ち、既に先客がいたとは……」

聞こえてくる舌打ち。若い男の声が夜の空間に木霊する。

パリッとした白のズボンと、金の刺繍《ししゅう》が入った黒の上着を着ている。

顔には見覚えのある眼鏡をかけており……。

「これだから城には来たくないんだ。一人になる場所が殆どない」

「君、もしかして、眼鏡君？」

「……は？」

私の言葉にキョトンとした顔を浮かべている。

こっちをジロジロと見て……。

「そ、その呼び方……まさか？」

「うん、その通りだよ」

私だと知り、心底驚いた顔の眼鏡君。

「今日はパリッとした恰好だね」

「さすがに白衣で生誕祭は来れないだろ……それより君、そんな顔だったのか？」

「あれ、フードを外した顔、見せたことなかったっけ？」

「……ああ、それにしても」

じっとこっちを見て、考えている眼鏡君。

「どうしたの？」

「い、いや、まさか……な。彼女がここにいるはずが……」

「？？？」

浮かんだ思考を払うように頭をぶんぶんと振った。

「まさか眼鏡君も呼ばれていたとはね」

「来たくはなかったけど、今日ばかりは逃げられなくてね」

「王族の招待状となると、そう簡単に断れないもんね」

「まぁ……そんな感じだ。君の方はどうしてここに一人で……？」

「色々と周りがうるさくてね、避難してきた」

「ああ、なんとなく理解したよ」

眼鏡君が私の姿を見て呟く。

そんなわけで、当分はここにいることを伝える。

はぁ、とため息を吐きながら空を見上げていると……。

「心底、面倒そうな顔だな。異性にチヤホヤされて、嬉しくないのか？」

「生憎だけど、第三者の美しいなんて言葉は聞き飽きているんだよ」

「見栄えはピカ一だからな、君は……」

「おや、眼鏡君からそんな言葉を聞けるとは思わなかったね」

「別に褒めてないぞ、ただの事実だろう」

淡々と眼鏡君が呟いた。

「普段フードを被るのはそういった理由か？」

「まぁ、そうだね」

「………」

と、この返答だと、酷い自意識過剰に聞こえてしまうか。

本当は素性を隠す、意味合いもあったのだが……。

まぁ、この国だと私の顔を知る人なんてそういないと思うけどね。

特に、眼鏡君はこれ以上追及することはしなかった。

それからは二人で話に花を咲かせる。

「と……せっかく会えたんだ、君に伝えておこうか。あれから転移魔法陣の解析を進めたんだが、修復はできそうだ」

「え、ほ、本当に？」

「もう少し時間はかかりそうだけどね」

「やった！　やった！」

「子供じゃないんだから、そうはしゃぐなよ」

「だって、嬉しいもの！　ありがとう！」

突然の吉報に大喜びする私。眼鏡君の手を握り、ぶんぶんと振る、

やれやれ、と苦笑する眼鏡君。

「それで、原因はなんだったの？」

「過剰な魔力放出が原因のようだ。魔法陣の構成図形の対称性を確認したところ、座標決定に関わる部分に、見過ごせないレベルの誤差が発見された」

「へ、へぇ」

「君、絶対わかってないだろう」

「あはは、まぁ……その辺は君に任せるよ」

「自分で聞いておいて……」

呆れた顔の眼鏡君だが、帰還の目途が立った。

とにかく良かった、本当に良かった。

「君は……本当に変な女だよ」

「皆が常識人だったら何も世界は変わらないよ、だから私みたいなのは必要だと思うよ」

「……」

目をパチクリさせる眼鏡君。

「どうしたの？　何か私、おかしなこと言った」

「いや、その言葉を聞くのは二度目だと思ってね」

「ふぅん」

なんにせよ、これで魔法陣についての問題は片付きそうだ。

後はこっちに来た目的である神霊鋼の加工法を入手できれば、それで終わりだ。

これから会う第二王子様が知っていればいいんだけど……。

そうだ、せっかくだし眼鏡君にも聞いてみようか。

彼は博識だし、王族でなくても色々知っているかもしれない。

「ねぇ、眼鏡君、ちょっと聞きたいことがあるんだ」

「何？」

「ちょっと知りたいことがあってね、神霊鋼って聞いたことある？」

「っ！」

ピクリ、と眼鏡君の眉が微かに動いた。

スッと目を細め、私をじっと見る。

「どこで、その名前を……」

「こんなところにいたんですね、メイ！」

二人の話を中断するように、バルコニーに来たのはリーチェ姫。

白のドレスをふわりと躍らせながら走って来る。

鎧姿じゃない彼女はとても新鮮だ。今日は完全にお姫様モードである。

髪色と対称的な白のドレスが実によくお似合いだ。

「会場にいないって聞いて、探したんですよ、もう……え？」

「ごめん、ちょっと色々あって……ん？」

謝ろうとして、違和感に気づく。

姫様の視線が私の後ろに注がれていることに……。

「な、なんで……メイがこの人と一緒にいるんですか？」

「……リーチェ」

二人の視線が交錯している。二人は知り合いなのだろうか？

そういえば、私は眼鏡君の素性を殆ど知らない。

凄腕の錬金術師であり、博識の研究者であることだけ。

「「……」」

二人は黙ったまま、口を開こうともしない。

と、とりあえず、なんだ、あれだ。

「こらっ」

「いたっ……な、何をするっ」

「……え？」

軽く、眼鏡君の頭をぽかりと叩く。

ポカンとした顔でお姫様がこっちを見ていた。

「眼鏡君は、目の前の相手を誰だと思ってるの？　呼び捨てはさすがに駄目だよ」

「……は？」

何言ってんだ、こいつ……って顔の眼鏡君。

一応私も敬語は使わないでいいと、許可をもらっているけど。

呼び捨ては一国の姫様相手に失礼過ぎるだろう。

「ちゃんと様を付けなさい」

「なんで兄が妹の名を呼ぶのに様を付けるんだよ」

「……は？」

なんか今、信じられないことを言わなかった？

「えぇと、もう一度、はっきり言ってくれるかな？」

「リーチェは僕の妹だと言ったんだ」

「……マ、マジですか？」

「マジだよ」

啞然とする私。二人の顔を比べてみる、髪の色とか目の色は同じ。

男女ながら確かに似ている部分は多い。そういえば三つ子って話だっけ？

てか、もう少し早く気づけなかったの、私。

「「「……」」」

沈黙の時間が続く。リーチェ姫と第二王子の仲は良くないと聞いている。

場に漂う不穏な空気はそれを体現したかのようだ。てことはやはり……。

「眼鏡君がルーク殿下ってこと？」

「そうだ」

首を縦に振る眼鏡君、なるほどね。これ、色々やってしまったパターンだ。

現実逃避するように空を仰ぎ見る。

（ああ、星々が……とても美しい）

ふぅ、と大きく息を吐く。

なるほど、よくわかった、一番失礼なのは誰なのか。

やっば、頭を叩いちゃったよ。もう、ここはあれだね……。

「じ、じゃあ、そういうことで……」

「ちょっと待て、馬鹿」

「うぐっ」

ドサクサで退散しようとしたが、髪の毛を引っ張られる。

ぐきりと首が鳴った。せ、せめて腕を引っ張ってよ。

「叩いたのも、過去の無作法も気にしてない。素性を黙っていたのは僕だしな。そんなことより、僕は君に聞きたいことがあるんだよ」

「き、聞きたいこと？」

「ああ、さっき言っていただろう、神霊……」

そんなやり取りを二人でしていると。

「ず、随分と仲がよろしいんですね、二人とも」

「リーチェ？」

「お姫様？」

心底驚いた顔で姫様がこちらを見ていた。

「信じられない光景です。あのルーク兄様が、会ったばかりの女性と打ち解けているなんて」

「「……」」

目を合わせる私たち、今日会ったわけじゃないんだけどね。

こほん、と咳をするお姫様。

「ま、まぁいいです。驚きましたが、仲が良いのは素晴らしいことです。ただ、長くなるなら話は後回しにした方がいいかもしれません。もう少しで私たちの入場時間ですよ、兄様」

「……僕はいい、後で向かう」

「は、はい？」

何を言ってんの、眼鏡君？　まさかの拒否に困惑顔のリーチェ姫。

「久しぶりに会ったと思えば、相も変わらずのマイペース、そんな我儘《わがまま》が許されるとでも？」

「入場に遅れるだけだ。後で必ず向かう」

眼鏡君の発言にお姫様の頬が引きつる。

「そ、そんなことより僕は彼女と大事な話があってね」

「そんなこと？　生誕祭の主役は私たちですよ！　それより、もっと大事なことだと？」

「その通りだ」

「こ、このっ！」

正直が美徳とは限らない。それを教えてくれる眼鏡君の返答だった。

「わ、私の件は終わった後でもいいよ」

「さっき逃げようとしていた女の言葉を信じろと？」

ぷるぷると震えるお姫様の拳。いや本当に、これ以上の刺激は駄目だと思うよ。

「今日、ヘンリー兄様は例の準備があるから、時間をずらして登場するんですよ。エ、エスコートもなしに私に一人で入れと？」

「まぁ二から一を引けば一、そうなる」

「…………はは」

「大丈夫、リーチェならできる」

「あはは……む、むがあああああ！」

「「っ！」」

ひ、姫様がキレた？　ビクッとしてしまう私たち。

お姫様が事前に、何時間もかけて準備をしていたのは聞いている。

ドレスも兄と、合うようにコーディネートされたもの。

だからこそ、怒る気持ちは十分わかる。

「う、うふふ……メイ」

「あ、はい」

「こ、これなら、私の助力なんて必要ありませんでしたね」

「え、あ、うん、そうかも……ね」

笑顔なんだけど、姫様怖い。こっちまでトバッチリを受けているような……。

「やはり兄様は、変わってしまいました。風の大聖女と会ったことで……」

「ああ、彼女は自分を変える切っ掛けをくれた。僕は感謝しているよ」

「ひ、皮肉で言っているんです！　捨ててしまった協調性！」

お姫様が全力で叫ぶ、最後がポエムっぽかった。

「いつもいつも、自分勝手！　天才的な頭脳も、民を裕福にする発明をしていた昔と違って、自分のためにしか使わない！　ヘンリー兄様のように王族の務めも何一つ果たさない！　私、ルーク兄様が今何を考えているのか、さっぱりわからない！」

「…………」

溜め込んだうっ憤を吐き出すように、姫様が叫ぶ。

「リーチェ、熱くなるな、落ち着け」

「ずっと、自分のことばかりで、周りのことなんて見もしない。今日も私のことなんて全然っ、昔はもっと私とも……なのに」

「「…………」」

俯《うつむ》き、拳を震わせるお姫様。

普段理知的な彼女らしくない振舞いに、私たちはびっくりしていた。

なんだろう、その様子はただ嫌いだからとか……。

そんな単純な理由で怒っているわけじゃないように思えた。

「眼鏡君……私は絶対に逃げないから」

「わ、わかったよ」

困惑気味な眼鏡君を説得し、二人で会場へ向かうように伝える。

私は一足先に戻ることにした。


会場に入った私のところに、副団長さんがやってくる。

「さっきはごめんね」

「気にするな。メイには姫様共々大きな恩があるしな」

まだ、チラチラと視線は感じるが……近づいてくる男はいない。

時間を置いて、先ほどの注目も少し収まったようだ。

副団長さんが、その後も頑張ってくれたらしい。

奥ゆかしく、恥ずかしがり屋な女の子だから……話しかけて困らせないでくれと、アピールしたらしい。変な属性が私に追加されたけど、今は都合がいい。

目的の人物だった眼鏡君とは、既に後で会う約束をしている。

ここからは無難に乗り切ることに専念しよう。

それにしても……。

「どうしたメイ、神妙な顔をして……」

「まぁ、ちょっとね」

「わかったぞ、さては食べ過ぎたんだな？　……うお」

鎧越しに軽くゴンと腰を叩く。私をなんだと思っているのか……。

「ややこしくなってきたなぁ……って、思っただけ」

「うん？」

訝《いぶか》し気な顔の副団長さん。

そんな話をしていると、盛大な音楽が流れ始めた。

この日のために招いた王国の一流楽団だそうだ。

音楽に合わせ、入口からリーチェ姫の手を引き登場する眼鏡君。

衆目の中、二人とも笑みを浮かべている。

さっきの今で、内心はとてもそんな気持ちではないだろうが……。

会場の貴族たちが、お祝いの言葉を伝えに向かっていく。

囲むように二人の元に集まり、忙しそうなのが遠くからでもわかる。

眼鏡君も王族なのだと改めて実感する。しかし、昔会っていたとは……。

駄目だ、顔を見ても全然思い出せない。

以前眼鏡君は言っていた。七年前にウインブル王国に一度来たことがあると、会ったのがその時だとすると、まだ私が大聖女になる前の話だ。

　しかし、それは本当に私なのだろうか？

　あの時、眼鏡君から聞いた女の子の話を思い出す。

　性格は気分屋で、風のように掴みどころがない子。この部分は納得できる。

　親友のフラウからも同じようなことを言われたしね。

　これは客観的にも外れてはいないんだろうが、その子は老人に殴り掛かっていたという。

　絶対にあり得ない。確かに子供時代はヤンチャだった記憶があるけど……。

　再び大きな音楽が奏《かな》でられた。

　国王陛下や第一王子であるヘンリー王子が登場する。

　二人がホールの奥にある一段高い王族の席へ。

　これで出席者は全員揃ったことになる。

「今日は、三人を祝うためによくぞ集まってくれた。今宵は普段の苦労を忘れ、飲んで食べて楽しんで欲しい」

　陛下の声を聞き逃さないよう、神妙に聞く貴族たち。

「ただ今日は、その前に一つ、皆に付き合ってもらいたいことがある……ヘンリー」

「はい」

　陛下の隣に立ったのはヘンリー王子。三つ子なので顔立ちは眼鏡君と似ている。

　身体は鍛えているようで、弟よりも背は少し大きい。

　纏う雰囲気は結構違う。ヘンリー王子は模範的な好青年といった印象だった。

「三人は今年で十八、もう十分な大人だ。余ももう五十近く。後のことを考えねばならん。次期王であるヘンリーの婚約者を探そうと思ってな」

「「「……」」」

いよいよ来たかと、ざわめく場。

今日のために気合を入れてきた、令嬢たちがそわそわしだした。

「この国の栄華のため、我が愛する息子のために、最高の花嫁を……と余は考えている。ラバウル王国は歴史ある国だ。幾度も崩壊の危機が訪れたが我らは乗り越えてきた。ケルベロスの襲来では凄まじい被害も出た。しかし、偉大なる先祖たちが手を取り合い戦ってくれた」

熱く語る国王様。

「現在、この国の情勢は安定しておるが、いつ脅威が忍び寄って来るかはわからない」

「「「……」」」

「何百年とこの国が続いたのは、皆との絆の力があったからだと、我は考えている、ヘンリーの婚約者はこの絆を一層深めることができる者を選びたい」

皆、真剣に耳を傾けている。ここまでは普通に納得できる話だった。

「ではどのようにして選ぶか？　我が国、最高峰の頭脳を誇るルークがヘンリーのために作り出してくれたのがこれだっ！　おい」

「はっ！」

横にいる白い布に包まれた物体を持つ兵士に指示する王様。

兵士が布を解くと、一本の杖がお披露目された。

先端部分に美しい青い宝石がはめ込まれた細長い杖だ。

ていうかあれ、どこかで……んんん？

「……んぶっ！」

「メイ静かにっ、陛下が話しているのだぞ」

「ご、ごめ」

反射的に吹き出してしまい、副団長さんに注意される。

慌てて口を塞いで黙り込む私、でも驚くのも無理はないと思う。

だ、だって、あれは……。

（せ、聖杖アステイルだ……間違いない）

かつて私が婆さん、先代の風の大聖女から盗んで売り払った杖である。

神殿の宝具が、な、なんでこんなところに……。

呆然とする私の気持ちなど知らず、国王陛下が話を続ける。

「この杖を使えば、ヘンリーとの相性を調べることができる」

え、そんな効果あったっけ？

杖を凝視する私。あれは本物なの？

いやでも、その割には杖から感じる力は強くない。

本物の宝具アステイルだとしたら、超強力な魔法媒体だ。

ここまでその波動が伝わってくるはずだ。

とすると、見た目だけ同じのレプリカ？　なんで、そんな偽物《にせもの》が……。

「…………あ」

「メイ、だから静かに……」

レプリカというワードから、連鎖するようにフラッシュバックする記憶。

洪水のように、湧き出す鮮明な映像。

（そうか……ルークはあの時の子供か）

今ようやく、すべてを思い出したのだった。

少年の追憶2

「……ま、参ったなぁ」

神殿の一室で、僕、ルークはぽつりと呟いた。

ぽりぽりと頬をかきながら、ベッドを見る。

そこには、女の子が寝息をたてて気持ち良さそうに眠っていた。

彼女の名前はメイフィート。

驚くべきことに、風の大聖女ルリリーラ様のお弟子さんらしい。

そんな子が何故、僕の前で寝ているのか？

決して僕が部屋に連れ込んだとかそんなわけじゃなく……。

『悪いけど、メイを見てやってくれるかい？　子供同士の方が気兼ねないだろう。起きたら色々と案内してもらうといい』

そんなルリリーラ様の言葉が発端だった。

使節団との会談中に、嵐のように登場し、風の大聖女に勝負を挑んだ女の子。まるで獣のようだった。

一般的な聖女とほど遠いその姿は、僕や叔父を唖然とさせた。

彼女のお目付け役になってしまった僕。

僕も王族なのに、この扱い……とはいえ断る根性もなく。

ルリリーラ様には何か考えでもあるのだろうか？

まぁ、あの場にいても話をするのは叔父で、僕は人形のように頷くだけだ。

ならまだ、役に立てるだけマシか……なんて卑屈に考える。

（それにしても、凄い子だったな）

躍動感溢れるというか、生命力があるというか。

僕とは真逆の存在だ。

人と話すのが苦手な僕を見かね、父上（国王）は外交の場に無理矢理送り出した。

一年以上かけて回るこの外遊は、一種の荒療治のつもりなのだろう。

威厳が重要となる王族、まだ子供ゆえに許してもらえても、このままというわけにもいかない。

自分の性格が問題なのはわかっている。

でも、僕だって……昔からこうだったわけじゃないんだ。

「ん、んん……ここ、は……？」

そんなことを考えていると……女の子の瞳が開いた。

目が覚めたみたいだ。

先ほどの光景が焼き付いていて、暴れるんじゃないかと不安だったが、そんなことはなかった。

「ここは神殿の一室だよ、意識を失う前のこと、覚えてるかな？」

「えぇと、確か寝ている間にゾンビの住処《すみか》に放り出された私は、ババア憎しと勝負を挑んで……それで」

記憶を思い出し、顔を歪める女の子。

「そっか、私は……負けたんだね」

「………う、うん」

「ま、負け、また負けた。もう少し、だったのにっ……」

「そ、そう？」

そう、かな？　そうだろうか？

かなり簡単にあしらわれていた気がするけど。

でも僕は口には出さない。

下手に刺激しない方がいい気がしたので……。

「ところで、君は誰？」

「えと、僕はルークっていって、ラバウル王国から……」

「…………そ」

彼女は興味なさそうに呟いた。

この様子を見るに、明日には忘れていそうだ。

ま、まぁ、別にいいんだけどね。

「君……いい服を着ているねぇ」

「え？　まぁ、うん……一応、僕も立場は立派だからね」

「なかなか高く売れそうだねぇ」

な、なんだろう、この品定めをされている感。

獲物を狙うかの目、ちょっと背筋がぞわりとした。

彼女は僕よりも服に興味津々《しんしん》みたいだ。

「ふふ、大丈夫だよ……以前、酷い目を見たからね」

「ひ、酷い目？」

「うん、ババアの物を勝手に売ったせいでね、盗みはいけないことと思い知ったよ」

「………」

この子、何を言っているのかな？

僕が話しているのって、聖女様の見習いだよね？　盗賊じゃないよね？

ちょっとビビりながら話をする僕。

そんなタイミングで、ぐう、と彼女のお腹が可愛く鳴った。

「食堂に行こ」

「あ、ちょっとっ！」

ベッドから起き、部屋を出ていくメイフィート。

慌てて後ろを付いていく僕。

一応様子を見てくれと言われているしね。

食堂に来たメイフィートは料理を注文、トレイをテーブルに運ぶ。

「ふぐ、ふぐぐっ！」

「………」

席につき、勢いよく食べるメイフィート。

昨日の夜から何も食べていなかったらしい。

野性味溢れる食べ方だ。本当に聖女見習いなのか、この子？

僕が彼女を見ていると……。

「……ち、ちょっと、あれ」

「相変わらず汚い食べ方、品性が知れるわ」

「なんでルリリーラ様はあんな……貧民街出身の子を」

（貧民街出身？　メイフィートが？）

食堂に来たのは、同じ修道女のローブを着た女の子たち。

メイフィートに対し、嫌悪感を隠そうともしない。

見ればナイフとフォークの扱い方も、ぎこちない。

メイフィートが貴族の子ならばあり得ないことだ。

出《い》で立ちから、彼女は虐《いじ》められているのだろうか？

ちらりと彼女を見る。

「ふぐ、ふぐ……」

しかし、そんな言葉もどこ吹く風のメイフィート。

うるさいハエがいるなぁ、と言った顔で一瞥《いちべつ》しただけで食事に戻る。

あっという間にたくさんの料理が空になった。

「す、凄い勢いで食べていたね」

「食べられる時に全力で食べておかないとね」

「そんな、戦時の兵士みたいなことしなくても……」

「沁みついた癖みたいなものだよ」

「……癖」

その言葉を聞いて確信する。

メイフィートが貧民街出身だというのは事実なのだろう、と。

時折食堂に訪れる聖女見習いたちは、メイフィートを見てこそこそと言っている。

誰も彼女に近づいてくる人間はいない。

それでも、メイフィートは気にした素振りを見せないが……。

「君……凄いね」

「うん？」

「あ、えっと、その……」

ふと、そんなことを僕は口にしていた。

声に反応して、彼女が僕を見る。

「凄いって何が？」

「いや、あの……その、えっと」

言って失敗したと思った。

あれだけ酷いことを言われて、何故堂々とできるんだろう。

恥ずかしくないのだろうか？　悔しくないのだろうか？

でもこんな不躾なことを口にしたら彼女も怒るよな、さすがに……。

　そんな風に僕が葛藤していると……。

「なんか君、ちょっと、めんどくさいね」

「え？」

「言いたいことあるなら、ちゃんと言えばいいのに……」

「…………」

　初対面の女の子から、厳しい言葉が告げられる。

　ちょっと腹がたって、僕は……。

「君に……僕の何がわかるんだ？」

「わかんないから、言葉にして伝えるんだよ」

「…………」

　それはそう、そうだろう……単純なことだ。

　だけど、それができないから苦労しているんだ。

「君はさ、本当に何も感じないの？　ああいう風に陰口を叩かれたりして」

「別に、どうでもいい、かな」

　あっけらかんと言う。

　本当に気にしていない顔だった。

「よ、よく割り切れるね」

「いや、腹は立つけど……今はそれどころじゃないからね、婆さんの訓練で忙しいし」

　小物に構っている暇はないとメイフィート。

同じ年なのに、なんでこんなに僕と正反対なんだろう。

「おのれ、ババア……あ、思い出したらまたイライラしてきた」

椅子から立ち上がるメイフィート。

トレイを返却し、食堂を出る。

「ど、どこに行くの？」

「街に繰り出す、今日は収穫祭だしね」

収穫祭、翌年の豊作を祈願して飲み食いするお祭りだ。

ウインブル王国は肥沃の大地であり、王都では大規模なお祭りが開催されるとベスカ叔父さんに聞いていた。

神殿に来る時も大通りは凄い賑わいだった。

すたこら歩いていくメイフィート。

「ち、ちょっと待って、僕……ルリリーラ様に君を見ているように言われてて」

「じゃあ君も一緒に来ればいいじゃん」

「………え」

慌てて彼女を制止する僕だったが……。

彼女から予想もしない提案を受ける。

「ストレス解消になると思うよ」

「……」

ストレス解消という言葉に魅力を感じたのか。

自然と僕は頷いていた。

「じ、じゃあ、ちょっと叔父に連絡してくるね」

「いいよ、二人で行こう。口煩い大人がいると楽しめないでしょ」

「せ、せめて護衛を連れていかないと……」

「大丈夫だよ、私が守ってあげるから」

「……ええぇ」

男前発言をするメイフィート。

僕の手を握り、引っ張っていく。

「ぜ、絶対怒られるよ、そんなことをしたら……」

「大人に迷惑をかけるのは子供の特権」

「それ、自分で言っちゃダメだと思うけど」

いいのかな、いいのかなぁ？

神殿の出口に向かう途中、見回りしている警備の騎士に見つかる。

「む？　ちょっと待てメイフィート、二人でどこへ行くつもりだ」

「フラアアアアッシュ！」

「ぬおっ！　目があああっ！」

前方に突き出したメイフィートの手が強烈に輝く。

眩しさに思わず目を覆う神殿騎士たち。

その隙に神殿の出口へと駆け抜けていく。

「今のうちだよ！　早く！」

だ、脱出の仕方が妙に手馴れてない？

間違いなく常習犯なんだろう。

ああ、後で凄い騒ぎになりそうだ。

手を繋いで、強引に僕を引っ張っていくメイフィート。

そのまま街へ、群衆の中をすり抜けるように歩く。

「ここまでくれば大丈夫でしょ」

「もう、手を離しても……」

「いいけど、迷子にならないようにね」

手を繋ぐのは少し気恥ずかしかった。

「ふふふ、やっぱり何度来てもいいね」

目を輝かせるメイフィート。

そこにはたくさんの露店が並んでいた。

夕方、仲良く歩く親子や恋人たちの姿。

外のテーブルには、お酒を楽しむ大人たち。

メイフィートの視線がある一点で止まった。

「お……チョコバナナだ」

「さっきご飯食べてなかった？」

「デザートは別腹なんだよ」

とことこと走っていくメイフィート。

鉢巻を頭に巻いた強面《こわもて》のおじさんに躊躇なく話しかけた。

本当に行動力凄い、この子。

「君、お金は持ってる？」

「いや、ないけど……準備する時間もなかったし」

「仕方ない……おじさん、この子に一本！　私の驕りで！」

「あいよぉ、はは、面白い嬢ちゃんだな」

なんか、酒場の席みたいな発言だ。

僕、行ったことはないんだけど……。

「はいどうぞ」

「あ、ありがとう」

お礼を言い、串に刺さったチョコバナナにかぶりつく。

「……あ、あんまっ、でも美味しい」

「でしょ、健康に悪そうな、この甘さが最高にいいんだよ」

褒めているんだが、貶《けな》しているんだか……でも美味しかった。

普段僕が食べているバナナより、安物のはずなのに……。

ちょっと感動、メイフィートがそんな僕を見て笑う。

「うんうん、お祭りは楽しんでなんぼだよ」

「……」

視察で、地方のお祭りを何回か見たことはある。
同じような光景なのに、今日は全然違って見えた。
図書室などで一人本を読む時間が多い僕。
騒がしい場はそんなに好きじゃない。
でも今は何故か、喧噪が興奮を掻き立てる。
「お、ベビーカステラだ」
再び駆け出すメイフィート。
購入したベビーカステラを二人でつまんで食べる。
美味しい、これまで食べてきたどのお菓子よりも……なんでだろう？
そのあともメイフィートと街を歩く。
大人に黙って、子供二人で……危ない真似にも程がある。
王族としてあるまじき行為だ。
自分たちが悪いことをしているのは、わかっていた。
でも、凄く新鮮で楽しかった。
「あ、お金がもうなくなっちゃった」
「じ、じゃあ、そろそろ戻ろうか」
一応彼女は、ルリリーラ様から日々のお手伝いで、お金をもらっているそうだ。
とはいえ、それはお小遣い程度。
二人分となると、お金はすぐになくなってしまう。

少し残念だったけど仕方ない。

さすがに叔父たちを心配させてしまっているだろうし……。

「お金はね、なければ増やせばいいんだよ」

「……え？」

ちっちっ……と人差し指を左右に振るメイフィート。

そうして彼女が向かった先は……。

「な、何してるの、この子たち？」

「クッキー型抜き、お祭りの定番だよ。クッキーの中の模様を上手にくり抜くとお金が貰えるんだ」

子供たちが木のローテーブルの前にしゃがみ込んでいる。

皆真剣な表情で、手に小さな針を持ちクッキーの外側を削っている。

「まさか、君」

「うん、これでお金を稼ぐ……ふふふ」

こういうのって、店主が損しないよう、難易度は高めに設定されているはずだけど。

しかし、メイフィートは自信がありそうだ。

「くくく、確かに今までの私ならカモだった。でももう違う、習得した支援魔法で、クッキーが割れないように強化すれば、がっぽがっぽですよ」

「ず、ズルじゃないか！」

「君は真面目だねえ……世の中、要領のいい人間が勝つんだよ」

この子は本当に大聖女様の弟子なのか？

そう思ったのは今日何度目だろう。

「おじさん、クッキー二枚」

「あいよ、一応、言っとくけど魔法のズルは禁止だからな、その場で没収だから」

「う、うあああああっ！」

「企んでいそうな顔だから注意したが、やっぱりか。時々いるんだよ、君みたいな子が……」

「せっかく苦労して、修行で得た力なのに……こんな」

釘を刺す店主、がくりと肩を落とすメイフィート。

結局、正攻法で挑戦することになった。

しかし、ちみちみと針でクッキーを削っていくも……。

「ああ、もう……まどろっこしい！　でも、これくらいなら一気に……ああ！」

バキリとひび割れるクッキー。

悲鳴をあげるメイフィート。

「ちょっとおじさん、これ簡単に割れるように細工してあるんじゃないの？」

「至って普通のクッキーだよ、見てごらん、ほかの子は君よりも上手に出来てるよ」

「人は人！　誰かと比べるのは良くない！　その考えは、子供の可能性を潰すことになるよ！」

「たぶんだけど、お嬢ちゃんはどこに行っても、逞しく生きていく気がするよ」

店主に心の中で同意する。

そんなやり取りを聞いて僕はふと思う。

「僕も、君みたいに思えれば……楽なのにな」

「うん？」

メイフィートが振り向いた。

良くも悪くも、距離感を無視するメイフィート。

ずっと話したからか、僕も自然と口が軽くなっていた。

「さっき中断した話の続き、していい？」

「今集中したいから、残る一枚が終わってからにして」

「そこから削るとたぶん失敗するよ」

「な、なんで君にそんなことがわかるの？」

「僕……君よりずっと頭がいいから」

「い、言ってくれるねぇ」

メイフィートがむかっとした顔で僕を見る。

「不愉快そうだね、でも冗談でもなんでもないよ、僕は天才なんだ」

「…………天才、ね」

胡散臭そうに、じっと僕の顔を見るメイフィート。

まぁ、急にこんなこと言えば無理もないけど。

「じゃあ、もしかして君、十の位の足し算とか掛け算できるの？」

「そんなの秒でできるよ」

「う、嘘でしょ？　やめといた方がいいよ、見栄張るのは……まだ撤回できるよ」

ば、馬鹿にされているのか僕は？

試しに、拾った木の枝で地面に適当な計算式を書く。

地面を見て目を輝かせるメイフィート。

「す、凄いっ、なんか凄い！」

「四桁までなら、こんなことしなくても暗算でいけるよ」

「おおおっ！　やってみて！」

「いいけど、君、問題の正解わからないでしょ」

「そ、そうだった」

脱線しかけた話を戻す。

「続けていいかな？」

「おっと、ごめんごめん」

「自慢するつもりはないけど、人より頭の回転が速いんだ、僕」

同い年の子供ができないことも、すんなりできた。

まるで知識を吸収するための土台が、生まれた時から肉体に埋め込まれていたように……。

加えて未知に対する好奇心も旺盛で、子供ながらに研究者な性格。

例えば、何故虫は飛べるのか？　……というお題にも、羽があるから？　ではどうしてこの形状なら飛べるのか？　と、深く掘り下げた。

そんな僕に、口には出さずとも教師は嫌気が差していたことだろう。

普通の子供が嫌う勉学も苦痛じゃなかった。

知識を蓄え、気づいたら難関とされる魔法工学の博士号も取得していた。

そんな僕は神童だとか、偉大なる先祖の再来だとか言われていた。

そうして勉学に夢中になって生きてきた僕だけど、ある時気づいてしまった。

「周囲に、誰もいないことに……」

「………」

昔、遊んでいたはずの子も離れていった。

徐々に独りぼっちになっていた。

でも、人との交流がなかった僕は、どうすればいいのかわからなかった。

ただ漠然と、何かに失敗した感覚だけがあった。

「君は友達が欲しかったの？」

「どう、なんだろうね……でも」

交流が減っただけなら、気にしなかったかもしれない。

ただ、子供から受ける視線は無関心とも違った。

得体の知れない異端の存在を見るようで、僕の心を削った。

そして僕は、逃げるように人付き合いを避けるようになった。

「剣の天才である妹の周りにはたくさんの人が集まるのに、同じ天才でもなんで僕の周りは……」

ふと、僕は愚痴ってしまっていた。

「ねぇ、どうしたら君みたいに図太くなれるかな？」

「さあ」

「…………」

あっさりと、話を終わらせてしまう。

ここまで語ったのに他人事みたいに言うメイフィート。

いや、実際他人事なんだけどね。

なんだろう、このもやもやした気持ち。

「そもそも、なんで君が周りに合わせる必要があるの？」

「え？」

「大体、そんなの不公平じゃん。私、魔法の才能があるって言われてるけど、人の何倍も苦労してるよ。昨日も私が死ぬ思いして、ゾンビから逃げ回ってた時、同い年の聖女たちはぐぅすか寝てた」

じっと僕の目を見るメイフィート。

そんな人たちに、何故付き合わなきゃいけないの？　……と。

「私、この力は自分のために使いたい、誰かのためじゃない、自分が頑張って手に入れた力だもん。それで嫌われてもいいじゃん。一人でもわかってくれる人がいれば……」

「君にはいるの？」

「いるよ、少ないけどね」

「そっか……僕にもそんな子がいれば良かったのにな」

「…………」

彼女のことを羨ましく思った。

じっと僕を見るメイフィート。

「話は終わり？」

「あ、うん」

「そう、それにしても君、結構私に酷いこと言ってくれたね、図太いだの……」

「あ、ご……ごめん」

「別に謝らなくていいけどね、本心なんでしょ」

彼女はさっぱりしているようで、案外根に持つ部分もあるらしい。

「ま、君もそのうちできるんじゃない、そういう子」

「君、本当、適当だよね」

「だって、責任持ちたくないもん」

あはは、と笑うメイフィート。

「でも実際、皆が常識人だったら何も世界は変わらないと思うよ、だから私や君みたいなのは、必要だと思うんだ」

「……必要、か」

「うん、それとさっきの全部……嘘ってわけじゃないよ」

「え？」

「少なくとも私は、今みたいに生意気で、毒舌吐く君の方が楽しいよ、ウジウジしてる君より、ずっと一緒にいたいと思うよ」

「……」

ニカッと、太陽のような笑みを浮かべるメイフィート。

不意打ちで、その言葉を聞いた僕は……。

「…………っ」

「ど、どうしたの急に、私、変なこといった？」

「ご、ごめん、なんか、無理だ……」

瞳に涙が浮かび、ツツと頬に流れた。

どれだけ頑張っても雫は……止まらなかった。

泣き顔を見られるのが恥ずかしくて、目をごしごしと擦る。

自分を肯定されたことが、どうしようもなく嬉しかった。

「だ、大丈夫？」

「うん、最後まで聞いてくれてありがと、もう大丈夫」

僕を心配してくれるメイフィートに、笑顔を見せる。

「ほら、残る一枚、頑張って……」

「おっと、そうだったね」

無理やり話を切り替える僕。

針を構えるメイフィートをサポートする。

「そうだ、ちょっと、クッキー貸してくれる」

「え？」

「こういうのはね、手でやった方が綺麗に割れるんだよ」

パキポキとクッキーの外側を手でへし折っていく。

型枠に沿うように破片が落ちていく。

「す、すげええええっ！　さすが天才！」

「細かいところは無理だけどね、はい、残り頑張って」

「うん！」

二枚目の型抜きに挑戦するメイフィート。

それを後ろから応援する僕。

三十分に及ぶ挑戦の結果、彼女は……。

「やったあああ、五百ゴールドゲットおおおおっ！」

大はしゃぎするメイフィート。

ぶんぶんと僕の手を振って喜んでいた。

「良かったね」

「君のおかげだよ。失敗したら、またババアへの借金が増えるところだった」

「し、借金なんてしてるの？」

「うん、愛用の杖を売っちゃってね」

そういえば、最初にそんなことを言っていたな。

「それまでは神殿に捕らわれの身なんだ。とりあえず十億ゴールド稼いだら、解放を考えてもいいと言っていた」

「じゅ……何、その途方もない金額は、な、なんの杖を売ったの？」

「えぇと、確か、あ、アス……アステ」

「ま、まさか、聖杖アステイルとか言わないよね？」

「そう、それ！　……やっぱり博識だねぇ、君」

唖然とする僕。風の神殿の宝具、正直十億でも安いくらいだ。

よくルリリーラ様は彼女を許したものだと思う。

「ふふふ、でも、君が型抜きのコツを教えてくれた。後はこれを繰り返せば……すぐに」

「いやいや、絶対無理だから！　そんなレベルの金額じゃないから」

「……え？」

そんな金額、露店の型抜きでどうにかなるわけない。

後二百万回、一度も失敗せずに成功させれば、借金は返せるが。

どう考えても現実的じゃない。

「たぶん、返済する前に君が寿命で死んじゃうよ」

「……な、なんと」

(本当に、この子は……)

がっくりと肩を落とすメイフィート。

「はは、本当に君は……あっはははは！」

「な、何が可笑《おか》しい？　人の不幸がそんなに嬉しいのっ！」

「ううん、ごめんごめん」

頬を膨らませて怒るメイフィート。

彼女を見ていると、自分の悩みがちっぽけに思えてくる。

「しょうがないなぁ、僕が……作ってあげるよ」

「え？　そ、そんなことできる？」

「言っただろ、僕、天才だって？　いつになるかは、わかんないけどね」

「ほ、本当にいいの？　私、今日驕っただけなのに……」

「うん」

僕にはとって今日は、それだけ価値のある時間だったんだ。


この一時間後、僕たちは探しにきた兵士たちに発見された。

神殿に連れ戻され、メイフィートはルリリーラ様に、僕は叔父にこっぴどく叱られた。

だけど、僕の心は妙に晴れ晴れとしていたのだった。

（そうか……眼鏡君はあの時の、男の子だったのか）


ようやく思い出した眼鏡君との過去。

二人で遊んだウインブル王国の収穫祭の記憶。

確か彼は、私が売り払った杖を作ってくれると話していた。

子供の口約束で片づけず、頑張ってくれていたとは……。

それが結果的に、忘れていた記憶を呼び覚ます結果に繋がった。

だけど……なんで杖が今ここで？

お披露目された本物そっくりのアステイルを前に考える。

「これからこの杖を使ってヘンリーとの相性を調べていく」

「「「……」」」

国王陛下が大きな声で告げる。

まさかの婚約者決定法に、ざわめく貴族たち。

「調べ方は簡単、杖に触れるだけだ。それだけで接触者の魔力を読み取り、事前登録したヘンリーの魔力との相性を測ることができる」

ちょっと、王様が何を言ってんのかわかんない。

杖の反応でわかるのは人同士の相性ではなく、光魔法の素質だったはず。

先代の婆さんから軽くだが、聞いた覚えがある。

「相性がいいほど、杖に触れた身体が輝き出す。これ一本で、互いの性格から夜の身体の相性までわかる、優れモノだ」

「ふふ、まさしくラブラブステッキだな」

実演販売みたいな説明をする国王様。

絶対に違うと思います。

何、神聖なる杖に頓珍漢《とんちんかん》な名前つけてんの？

わからない、一体何を企んでいるのか？

「へ、陛下、ではもし杖が光らなかったら、殿下との婚約はできない……と」

「ん？　……はは、いやいや、そういうわけではない」

不安そうに令嬢の一人が尋ねる。

ここに集《つど》った令嬢たちはアステイルの効果など知らない。

アイテム製作者である眼鏡君の才能は、この国でも有名だ。

多少、疑いはしながらも、その話を否定まではしない。

現在では森に引きこもってしまったが、過去、人々の生活を豊かにする道具を一杯生み出してきた。

それが妙な説得力を生んでしまっている。

「これはあくまで、婚約決定における参考程度に考えてくれればいい。これから互いを知っていくための、前段階となる相性調べだ」

「で、ですがっ」

「今日、この場で婚約者を決定するわけではない。杖が反応すれば、それでいいし、光らずとも、よりヘンリーのことを知ろうと考えるだろう？　そう身構えず、気軽に触れてくれ」

「「「「……」」」」

国王様に言いくるめられるご令嬢たち。

（眼鏡君……君は何を考えているの？）

さっぱりわからない。

何故、そのレプリカの杖をこの大事な場に持ち出してきた？

黙って陛下の後ろに立つ眼鏡君を見る。

しかし、その表情からは何も読み取れなかった。

「では、始めようか」

国王陛下の説明が終了する。

緊張気味に、令嬢たちが杖の前へと集まっていく。

ま、まぁいいや、自由に試せばいい。

私はこの国の貴族ではない、どうなろうが関係のない話だ。

「ああ、そんな……」

「やったわ、す、少し身体が光った！」

「ううう、駄目、か」

杖に触れて喜ぶ者、悲しむ者、その反応は様々である。

それを私は、会場の隅っこに移動して副団長さんと眺める。

敢えて距離を取ったのには理由がある。

本物のアステイルと仕様が同じなら、杖の反応でわかるのは光魔法の素質だ。

私が杖に触れると反応を示すだろう、確実に注目を浴びる。

王妃の座になんて勿論興味ないし、極力距離を取っておいた方がいい。

「ねぇ副団長さん」

「なんだ？」

「まさかと思うけど、いつもこんな感じで、婚約者を探してるの？」

「……い、いや、今回はさすがに特殊だ」

副団長さんにとってもかなり意外だったようだ。

婚約者探しとなれば貴族、王族の大イベントだ。

家同士の繋がり、派閥のパワーバランス、そういったものを考え、事前に大人たちが裏で調整するのが普通だ。

とはいえ、全員がこの方法に肯定的というわけではないようだ。

お姫様は少し文句を言いたげな表情で、その様子を見ていた。

この状況を歓迎していない模様。

「……あんまり浮かない顔してるね、姫様」

「その、ようだな」

暫しの間、事の推移を見守っていると……。

「「「おおおお！」」」

突然、大きな声が会場に響く。

直後、ここまで伝わってくる光の波動。

「これほどの光が、この子が、俺と……？」

「信じられんな、試しで使った時もここまで強烈な反応はなかったぞ」

唖然とする国王陛下、ヘンリー王子。

どうやら光魔法の素質が強い者が現れたらしい。

「う、嘘、わ、私が……ヘンリー様と？」

聞こえてきたのは幼い声だった。

たくさんの人に囲まれていて、ここからは見えないが……。

不思議と聞き覚えがあった。

「この娘が殿下と？　お、おかしいわ、絶対に！」

「ま、まだ十にも満たない女の子じゃない！」

「せ、静粛にっ！」

自らが杖に選ばれないのに、まさかの結果に悔しそうな令嬢たちの声。

陛下の声を受けて、慌てて令嬢たちを止めに入る兵士たち。

「こ、こんな結果、納得できません陛下っ！」

「だが、結果は結果だ」

「ルーク殿下のアイテムを否定するつもりはございませんがっ、これはさすがに……」

騒ぎ出す場、まぁ幼少期に婚約者を決めることは珍しくない。

現状、王子とは体格差があるから、不釣り合いに思えるが、あと十年もすれば違和感は消えることだろう。

「なぁ、ルーク……お前の造ったアイテムに間違いなど……ルーク」

「こ、ここまでの強烈な反応、馬鹿……な」

「ルーク、どうした？」

貴族令嬢やヘンリー王子、陛下もその結果に驚いていた。

しかし、製作者の眼鏡君はそれ以上だった。

「ま、まるで当人でもなければ、あり得ない……い、いや、しかし」

眼鏡君が何故かこちらを見た。

しかし、目を合わせたのは一瞬、すぐに小さい女の子の方を見る。

「む、いや待て、これは……」

「ルーク、どうした？」

「皆、ちょっと、その子から離れてくれるか？」

眼鏡君に言われて離れる令嬢やヘンリー王子。

人垣に隙間ができ、ようやく幼い声の姿が見えた。

ペンダントが砕けたからと泣いていた、私が助けた女の子だった。

「やはり、杖が反応しているのは、この子じゃないようだ」

小さな女の子をじっと見る眼鏡君。

杖に女の子が触れると、共鳴するように輝きだしたのは……彼女の着たドレスだった。

「…………」

「どうした……メイ?」

「ほほほ……ちょっと、御花摘みに行って参ります」

これでも、私は沢山の修羅場をくぐっている。

だからこそ、磨かれてきた第六感というものがある。

「反応したのはこのドレスに付けられた宝石、いや、厳密にはそこに込められた魔力か」

言葉では説明できない危機察知能力。

それが私に、警報を鳴らしていた。

(逃げろ、このままではまずい……と)

「この宝石に魔力を込めたのは一体誰だ?」

「女神様のようにとても綺麗なお姉さんです!」

そろりそろりと、私はホールの出口へと向かう。

しかし、残念なことに……。

きょろきょろと女の子は周囲を見回して。

「いました！　あのお姉さんっ、あのお姉さんです！　あの出口の丁度三メートル手前にいる綺麗なドレスを着た、メイって呼ばれていた青髪のお姉さんですっ！」

そ、そんなに詳細に言わなくていいんだよ、お嬢ちゃん。

会場中の視線が私に突き刺さる。

こうなってしまっては、逃げられない。

（仕方ない、覚悟を決めよう）

後五秒、動くのが早かったら……行動が遅かったのが悔やまれる。

深呼吸したあと、騒ぎの中心へと近づく。

ゆっくりと、この国の王族たちの元へ。

「ヘンリー……彼女はどこの家の娘だ？」

「私も存じません、陛下。この美しさなら、一度見ればまず忘れようがないと思うのですが」

「……ふむ」

私に興味を持つ陛下とヘンリー王子、
そんな中、集団から抜けてきたのはリーチェ姫。

「メイ！」

駆け寄るお姫様。

私はドレスのスカートを持ち上げ、丁寧に一礼する。

「本日はお招きいただきありがとうございます、姫殿下」

「え、えと、あの？」

「お呼びいただけたこと、光栄の至りです。この日は私にとって、一生ものの誉《ほまれ》となりましょう」

「………」

ポカンとしているお姫様……何この間？

ああ、普段と態度が違うからか。

いや、さすがの私も空気は読みますよ。

顔を上げると、眼鏡君が気持ち悪そうにこっちを見ていたけど、気にしない。

空気を変えるように、姫様は軽く咳払いをした。

「い、いえ当然のことです。貴方はそれだけの功績を残してくれましたから」

「其方《そなた》は……一体」

「陛下、場を騒がせてしまったこと、深く謝罪致します」

「陛下、ヘンリー兄様、メイは……」

お姫様が私の素性を説明してくれる。

私が冒険者であること、この国の貴族ではないこと。

偶然この場に招待されて来たこと。納得した顔を浮かべる両名。

「なるほど、君がそうだったのか……我が妹、リーチェの命を助けてくれたこと、深く感謝をしたい」

「オーブの件は余も聞いている。絶体絶命の危機的状況だったと……愛《いと》しい娘を救ってくれたこと、余からも感謝の言葉を送りたい」

「勿体ないお言葉です」

二人に丁寧に一礼する。

「リーチェから話は聞いていたが……驚かされたな。ここまで美しい娘とは」

「ええ父上、凛とした瞳、強さを感じさせる芯のある佇まい、髪色と相まってまるで青い薔薇《ばら》のようだ」

二人の視線が、この身に注がれる。

とにかく、この場を無難に乗り切ることに専念しよう。

「其方、冒険者を辞めて、リーチェの従者にならんか？」

「大変名誉なことですが……その」

「陛下、メイが困っていますよ。彼女は私の大切な恩人なのですよ」

おかしなことになる前に、お姫様が断ってくれる。

しかし、良かった……と、安堵できたのも一瞬。

「そうですよ、メイはリーチェではなく、私の伴侶《はんりょ》に成り得る女性なのですから……」

「へ、ヘンリー兄様っ！」

王子様からとんでもない爆弾発言、勘弁して。

唖然とするリーチェ姫。

「突然ですまないが、杖を君の身体で直接試してもよいだろうか？」

「…………はい」

もう、なるようになれである。

アステイル（レプリカ）を手に持つヘンリー王子。

やはりというか、強烈な光魔法の適正を持つ私。

杖の先端が手に触れると、身体が強く輝き出した。

「父上、私はこの出会い、偶然とは思えません。もしかするとこの縁は、空の神々が導いてくれたのかもしれません」

「ふむ、一理……ある」

あるわけないでしょ、馬鹿親子。

そう叫べたらどんなに楽なことだろう。

話が危険な方向へと舵を切り始めた。

「彼女を私の妃の一候補して……迎え入れたい」

「で、殿下！　それはいくらなんでも……」

「お、お待ちください！」

令嬢たちにとってはたまったものじゃないだろう。

ポッと出の貴族ですらない冒険者の女が、横からすべてを奪おうとしているのだから……。

物凄い敵意に満ちた視線を、私に送ってくる。

針の筵《むしろ》だ。二人にはしっかりと周りを見て欲しい。

なんとも不穏な空気が漂い始める。

「お父様！　ヘンリー兄様！　メイは平民なのですよ！」

私の味方になってくれる姫様、大好きです。

はっきり言ってやってください。

「姫様のおっしゃる通りです！」

「どうか、再考を……！」

「ふむ……そうだな、リーチェや皆の言う通り、身分の問題は大きい」

渋り出す国王陛下。

どうやら最悪の結末に向かわずに済みそうだ。

「そうだな……バグスタッド公爵」

「はっ！」

陛下に呼ばれて、前に来たのは五十過ぎの男性貴族。

「彼女を、メイを……貴公の養子にすることは可能か？」

「陛下がおっしゃられるのでしたら……」

「これで、身分の問題は解決できるな」

「そ、そんな馬鹿な……ことって」

唖然とするお姫様。

い、一体、私の周りで何が起きている？

「これから、もっと君のことを知りたい、教えてもらえるだろうか？」

「……」

「君の戸惑いはわかる。でも俺たちはきっと素敵な関係になれる」

ニコリとほほ笑むヘンリー王子。

周囲の人間には、私は王子を虜にしたサキュバスに見えているんじゃないか？

でも、私は杖がアステイルのレプリカだと予想している。

目の前の王子様の態度は表面上で、裏に別の目的があるはずだ。

しかし、それが何か全然わからない。

（あああ……もう、面倒くさい）

この場をどうすれば切り抜けられる？

杖が、アステイルのレプリカだと知っているって伝える？

でもそんなことをしたら、私は何者なんだって話になるし……。

私が葛藤していると……。

「こ……こんなの、絶対におかしいです！」

「「リーチェ」」

「お二人らしくありません！　普段はもっと常識的判断をしているのに、事の進め方があまりにも強引過ぎます！　何か大事なことを私に隠していませんか！　私、杖のことも今日初めて聞きましたよ！」

「落ち着け、そのようなことはない！」

「ああ、父上の言う通りだ、リーチェ」

お姫様を宥《なだ》める陛下とヘンリー王子。

「兄上、陛下……とりあえずこの場は時間を置きましょう」

「ルーク？」

「しかし、お前……」

そんな様子を見て、割って入ったのは、もう一人の王子様。

「杖の作成者である私が言うのもなんですが、今日明日で急ぐ必要のある話でもありません。一先ずそれでいいな？　リーチェ」

「ルーク兄様、はい」

犬猿の仲である兄から援護が入り、少し驚いた顔のお姫様。

眼鏡君はじっと私を見て……。

「僕は、君に聞きたいことが一気に増えた」

「それは……私もかな」

互いの視線が交錯する。

「…………」

「そういうわけだからリーチェ……え？」

「どうしたの、お姫様？」

沈黙したまま立っているお姫様。

そんな中、それは唐突に起きた。

ふらふらと揺らぎ出し、前方に倒れ込むお姫様。

「「なっ！」」

「リ、リーチェ！　おい！」

彼女の身体を慌てて支える眼鏡君。

しかし、何度呼びかけても返答はない。

「バ、バルガス！」

「はっ！」

ヘンリー王子の声に即座に反応し、走って来る副団長さん。

全力でお姫様に回復魔法を展開。

「そ、そんな……何故、回復しないのだ！」

呆然とする副団長さん。

どれだけ魔法を受けても症状は回復しない。

衆目《しゅうもく》の中での対応は限られるので、兵士に姫様を医療室へと運ぶよう指示するヘンリー王子。

追従《ついじゅう》するように陛下や眼鏡君、副団長さんが向かう。

「わっ」

「君も来い！」

眼鏡君が力強く、私の手を引っ張った。

後ろには、まさかの事態に騒《ざわ》めきだす貴族たちの姿。

姫様の急変により、生誕祭は中断される事態となったのだった。


姫様は兵士によって運ばれ、城の医務室のベッドへ。

ベッドの上からは、苦しそうな声が聞こえてくる。

国王陛下やヘンリー王子、眼鏡君、バルガス副団長と幾人かの兵士たちがその容態を心配そうに見守っている。

「姫様、姫様あっ！」

再度、回復魔法を展開するバルガス副団長。

しかし、結果は同じだった。

「い、一体、リーチェの身に何が……」

「な、何故バルガスの魔法が効かないのだ？」

「……す、凄い熱だ、呼吸も荒い、脈拍もあり得ないほどに速い」

ベッドのお姫様の容態を、冷静に観察する眼鏡君。

「これは……一体、なっ！」

何かに気づいたのか、青ざめる眼鏡君。

「まさか……よ、よりによって、今か」

「ルーク？」

「最悪の……ケースだ。恐れていたことが起きてしまった」

普段飄々《ひょうひょう》としている眼鏡君だが、今は激しく動揺している。

「父上と兄さん、メイ以外は席を外してくれ」

「彼女は……いいのか？」

「兄さん、彼女は僕が知る中で最も優れた回復魔法の使い手だ」

ヘンリー王子の問いに頷く眼鏡君。

指示を受けて退出していく兵士たち。

副団長さんは「どうか姫様を頼む」と、私に言い残して去っていった。

残ったのは王族と私だけ、かなり重要な話になりそうだ。

「わかったことを説明してくれ、ルーク……」

「リーチェの身に何が起きたんだ？」

「リーチェに発現したのはケルベロスの血の呪縛だ」

「「なんだとっ！」」

眼鏡君の言葉に、愕然とする二人。

「な、なんでこの時期に！」

「嘘だろう、嘘って言ってくれ！」

「残念ながら、事実だ……胸元をよく見てくれ」

「「っ！」」

姫様の胸元に薄く浮かぶ紋のようなものを見て、戦慄《せんりつ》する二人。

そして、情報弱者で置いてきぼりな私。

災厄級魔物のケルベロスは知っているけど、呪縛とは？

私が困惑していると……。

「父上、呪縛について彼女に話すよ？」

「ルーク、それは……」

「リーチェを治すために、俺は彼女の協力が欲しい」

「わかった……我が国の機密情報だが、止むを得ん。リーチェの命より大事なものはないからな」

陛下の許可を得て、眼鏡君が語り始める。

「メイ、過去に起きたケルベロスの襲来事件は前に話したな」

「うん、ご先祖様が、頑張って倒したんだよね」

「そうだ。でも、それで話は終わりじゃなかったんだ」

一拍置いて眼鏡君が口を開く。

「ケルベロスは確かに死んだが、止《とど》めを刺そうとした当時の王に、今わの際《きわ》に呪縛をかけたんだ」

「呪縛っていうのは？」

「ケルベロスの血の因子による、肉体のケルベロス化……さ」

成程、それが先程出た【血の呪縛】の意味か。

一応、気になった点を先に確認しておく。

「ケルベロスが現れたのは一度だけ、だよね」

「ああ……君の懸念していることはわかるよ」

変化のベースとなるのは脆弱《ぜいじゃく》な人の肉体だ。

激痛に耐えられず、変化が終わる前に死んでしまうそうだ。

あまり愉快じゃない話だ。

「調べればわかることだから言うが、ケルベロス襲来以降、王族の死亡率は異常なほど高い」

「でも手を打とうとはしたんでしょ」

「ああ、勿論だ」

しかし、現状はうまくいっていない。

発現しないことを祈るしかなかったそうだ。

「回復魔法が通じない理由は？」

「呪縛と言ったが、これは変質なのさ、変声期に声が変わるのと同じ」

「状態異常とはまた違うってことだね？」

「ああ、そうだ」

だからやっかいなんだと眼鏡君が語る。

「よく国内だけで、秘密にしてこれたね？」

「と、いうと？」

「王族なら他国へ嫁ぐこともあるでしょう？」

ケルベロスの因子が、他国に広まってもおかしくない。

他国の子供にも影響がでる。

「基本、血の濃い直系の子供にしか呪縛は発現しないんだ。特に危険なのが十代前半の女の子だね」

「それはまた、どうして？」

「女性の君に、生々しい話をして悪いが、血の変化の激しくなる時期といえば伝わるか？」

「まぁ……うん」

十代前半、身体が大人へと大きく変化を始める時期だ。

肉体の成熟しない子供は、いつ死んでもおかしくない。

神の子なんて表現されることもある。

この国の王族は、その期間が一般的なものよりも長いってことか。

「成長し、子供が生める年齢になれば因子は安定する」

「なるほどね」

彼らの婚約者探しが遅いのは、そういった理由なのだろう。

「それにもし、仮に変質が起きても、激痛でケルベロスになる前に死ぬ。周囲には、何が原因で死んだのかもわからない」

「…………」

だから、他国にケルベロスの秘密が広まっていないのか。

「ん？　でもちょっと待って、お姫様はもう十代後半……危険な時期を過ぎているよ？」

「ああ、だから僕も驚いた。おそらくだがその原因は……」

ベッド上のお姫様を見つめる眼鏡君。

「先日のオーブとの戦闘だ。ケルベロスと融合したオーブと戦い、傷を受けたことで、その因子が活性化したのだろう」

「……」

「正直……これは僕の失敗だった」

悔しそうに手を震わせる眼鏡君。

「リーチェは元々、その因子が濃く、僕は不安を感じていた。だから不足の事態を考え、ケルベロスに関する研究を進めていたんだ。なのに……皮肉なものだ」

研究資料を盗んで逃亡したオーブ。

まさか自分の研究を悪用して、実践化するとは考えなかった。

悔しそうな顔をする眼鏡君。

私はその顔をじっと見て……。

「でも、だからこそ、救えるんだよね？」

「……ああ、その通りだ」

期待通りの返答で良かった。

「ほ、本当か！　ルーク」

「リーチェは助かるのか？」

「そのために、何年とかけて進めてきた研究だ」

希望が出てきて喜ぶ、国王陛下とヘンリー王子。

妹へと向き直る眼鏡君、絶対に助けるという強い覚悟が窺えた。

「私も協力は惜しまないよ」

「本当に助かる、頼りにさせてもらうよ」

眼鏡君がそのための方法を説明していく。

「これから行うのはケルベロスの因子の摘出だ」

「因子の摘出」

「内部に入り込んだ刃を取り除く、外科的手術をイメージすればわかりやすいはずだ。君に頼みたい魔法は回復ではなく、円滑に作業を行うための支援だ」

わずかなミスも許されない手術になると眼鏡君。

頼まれたのは集中力を向上させる魔法。

それから、お姫様の痛覚を和《やわ》らげる魔法の展開、などなど。

「長丁場になるが、頼めるか？」

「どんと任せてくれていいよ」

必要な手術アイテムは、眼鏡君のマジックバッグに詰めてあったので、準備は三十分ほどで終わった。

白衣に着替えた眼鏡君、隣にはドレス姿の助手。

なかなかシュールな光景だろう。

邪魔にならないようにと、陛下とヘンリー王子は退出していった。

「それじゃあ、始めよう」

本格的な手術が始まった。

お姫様に特殊な液体を飲ませ、胸に針を刺したりする。

眼鏡君が額に汗を浮かべながら、作業を続けていく。

その横顔はとても真剣で、大切な物を守ろうとする強い意志を感じた。

私はそれを全力で支援する。

「ふぅ、これでどうにか危機を脱せたはずだ」

一時間後、お姫様の胸元に浮かんでいた紋が消えていく。

お姫様の顔色も落ち着いていき、苦悶の声も聞こえなくなっていた。

窮地を脱し、ひと段落する。

術後、ほんの一瞬だけお姫さまの意識が戻った。

「ルーク……兄、様？」

「リーチェ」

「夢、なのかな？　……ルーク兄様が、とっても優しい顔、してる」

赤みの戻った頬に、そっと優しく手を触れる眼鏡君。

「お眠り、リーチェ……目覚めた時は元に戻っているはずだから」

「……」

目を閉じ、再び眠りの世界に戻るお姫様。

(世間の噂なんてものは当てにならないな)

眼鏡君とお姫様、性格の相性が悪いのは事実かもしれない。

それでも、眼鏡君は紛れもなく彼女の兄だった。


「協力……助かったよ、感謝する」

「ううん」

気にしなくていいと伝える。

今回、本当に頑張ったのは眼鏡君だ。

「ちょっと不謹慎だけど、昔の型抜きを思い出したよ、助手とメインの役割は逆だけどね」

「……お、覚えて、いたのか？」

「思い出したのはついさっきだけどね」

驚いたのか、目を大きく開く眼鏡君。

すべてはあのアステイルが切っ掛けだ。

「あ、そうだ！　それで思い出した。なんなの……さっきの茶番劇は？」

「ああ、アレは……と」

「リーチェ！　リーチェええええええっ！」

「無事なんだな、愛しの我が娘は……」

そんなタイミングで先程、手術の成功を知った陛下とヘンリー王子が入って来る。

そんなに騒いだら、姫様起きちゃうよ……。

やれやれ、と言った顔の眼鏡君。

「明日、また会おう。落ち着いて話せる方がいいだろう」

「そうだね、積もる話も多いしね」

「ああ、君が口にした素材についても、知っている限りの情報を教えよう」

ここには陛下やヘンリー王子もおり、改めて場を設ける提案を受ける。

さすがに、話の延期もこれ以上はないだろう。

「勝手に王宮を出て行って大丈夫かな？」

「杖の騒ぎは、こっちで全部収めておくから心配しないでいい。君の素性についても適当に誤魔化しておく、事情があるんだろう？」

「まぁ、ね」

察しが良くて本当に助かるよ。

明日、眼鏡君の家を尋ねることにし、王宮を出たのだった。


（ちょっと……疲れたな）

宿に戻って来て、ベッドに寝転がる。

肉体的にはそうでもないが、精神的にきた。

でも、少しずつだが事は進んでいる。

謎は残っているが、明日には殆どのことが判明するだろう。

お姫様も無事で、眼鏡君のこともしっかりと思い出せた。

後は神霊鋼だが、それも知っている反応だったし、期待はできそうだ。

考えを整理しながら、ぼんやりと天井を見ていると……。

「……メイ」

「え？」

それは唐突に起きた。

何、今の？　一瞬、ポチの声が脳裏にしたような。

部屋には私一人だけ、ポチに会いたいゆえに聞こえた幻聴かと思ったが……。

「メイ……聞こえているなら、返事をして」

「ポ、ポチ！　これ、幻聴じゃないの？」

「メイ！　良かったあああ！　無事だったんだね！」

鮮明に聞こえてくるポチの声。

「ほ、本当にポチなんだね」

「うん！　元気な声が聞けて良かった！　僕、凄く心配したんだよ！」

「ポチ、本当にごめんね……でも大丈夫、元気にやっているから」

　私の声を聞いて安心するポチ。

　一緒にラバウルに向かうはずが、まさかの私一人が転移する結果に。

　不安にさせて申し訳なかった。

「でも、これ……念話だよね、どうやって？」

「ふふふ、とある人物の肩にこうして手を置くことで、間接的に君に話しかけているんだ！」

　とある人物って、該当するのは某悪魔しかいないんだけど。

　グレモリアスの念話、応用でこんなこともできるんだね。

「おい……興奮し過ぎだ。我の肩を肉球でぐりぐりするな」

「ちょ、動かないでよ、じっとして」

　最高位悪魔の肩に手を置く神獣フェンリル、ちょっと見てみたい。

　転移した後、ポチは消えた私を探し回ったそうだ。

　最終的にグレモリアスに連絡が入っていることに期待し、リドルブに向かったらしい。

「おおよその状況はグレモリアスから聞いたけど、調子はどんな感じかな？」

「ここまでは順調かな。今日は色々あったけど」

「……うん？」

　ポチに今日、生誕祭で起きたことを説明する。

「なるほど、ケルベロスの呪縛……か、災厄級魔物のしぶとさは半端じゃないからね」

以前のインフィニティドールもそうだった。

ポチとの連携プレイで倒すことができたけど。

「二百年前も、よく人の力だけで倒せたものだと思うよ」

「そうだね」

神獣も必ず協力できるわけじゃない。

世界に七体しかおらず、突発的な災厄に対しては、対処が遅れることも多い。

「…………しぶとさ、か」

「どうしたの、メイ？　急に黙って」

「いや、考えすぎならいいんだけどね」

「？？？」

ふと、脳裏に浮かぶ懸念。

さっき眼鏡君を手伝った時は、そこまで考えなかったけど……。

「とにかく、そのルークって王子様が、神霊鋼の加工法を知っているといいね」

「うん」

まぁここで悩んでも仕方ない。

明日、眼鏡君に聞いてみるしかないか。

「ポチの声が聞けて良かった、今夜はぐっすり眠れそうだよ」

「ふふふ、僕もだよ。もし何かあれば、またこの悪魔に連絡してね、僕、当分この屋敷に滞在するつもりだから……」

「わかった」

「は？　待てアホ神獣、何勝手なこと言っている！」

「いいじゃないか、一人分ご飯が増えるぐらい……じゅるり、仮にも最高位悪魔がけち臭いこと言うもんじゃないよ、じゅるり」

「き、貴様、それが目的じゃないだろうな」

「そ、そんなわけがないだろう。いくら君の屋敷のご飯が美味しいからって、それとこれとは関係ない。僕のメイを心配するピュアな気持ちを侮辱するのは許さないよ」

「あはは」

　念話越しに、わいわいと声が聞こえてくる。

　なんだか楽しそうで何よりである。

「明日起きたら、また連絡するから、一緒に朝食を食べようね」

「おお……ポチ、それはナイスアイデア！」

「……き、貴様ら」

　姿は見えないが、グレモリアスが頭を抱えているのが目に浮かぶ。

　久しぶりにポチと話せた。

　その日はぐっすりと眠れたのだった。

閑話　リーチェ

「うう……ん」

重い瞼を開けると、白い天井が視界に映る。

朝の優しい光が窓から差し込み、眩しくて目を擦った。

「ここ、は……城の医務室？」

「ひ、姫様っ！　め、目を覚まされたのですね、良かった！」

起きたばかりの私の隣に、慌ててやってくる城のメイド。

「あの、私は一体？」

「やはり、覚えていませんか？　姫様は生誕祭の最中に倒れたのです」

「……え？」

まさか、そんなことになっていたなんて……。

思い出そうとするが、昨夜の生誕祭の途中からの記憶が殆どない。

メイドの女の子は簡単な現状説明をしたあと。

私が起きたことを連絡するため、扉を開けて、お父様たちのところに走っていく。

「…………」

一人になった部屋で、ベッドに腰掛け自分の手を見つめていた。

私がぼんやりと記憶しているのは、一つだけ。

とても心配そうに、私の手を握っていた兄様の顔。

ルーク兄様からあんな眼差しを受けたのはいつ以来だろう。

（あれも……夢だったのかな？）

現実感が湧かない……でも、それも仕方ない。

水と油という言葉がある。

決して混じり合うことのない二つを示す表現だ。

それはまさしく、会えば険悪な空気になるルーク兄様と私の関係にぴったりなものだった。

過去に二人の間で、こんなエピソードがあった。


「拝啓、ペリー様……いかがお過ごしでしょうか、最近はめっきり寒くなり……うぅん、なんか文体が軽すぎますね」

左手に魔法消しゴム、右手にペン。

王城の自室の机で、文字を書いて消してと繰り返す。

私が、今書いているのは、ある人物に送る手紙だ。

「それにしても……便利ですね、これ」

消しゴムは、兄が開発した特殊な素材を使ったものだ。

校正作業に最適な道具で、余計な紙を無駄にせずに済む。

兄さんも、昔はこういった人を豊かにするアイテムを作っていたのに……。

最近の兄からはあまりいい噂は聞かない。

謎の生体研究だとか。

森に引きこもって、怪しい研究をするようになってしまった。

兄は私の知る限り、一番頭のいい人だ……なのに。

悩みながら手紙を書いていると、ノック音が聞こえてきた。

「リーチェ、入るぞ」

「ル、ルーク兄様、珍しいですね」

「ヘンリー兄さんに、君を呼んでくるように頼まれた」

想像していた人物の登場に驚く。

呼び出し連絡は、メイドにでも任せるのが普通だ。

片や銀騎士団、もう片方は森で引きこもり……普段から距離を取り、話す機会のない二人。

両者の間にできた溝を埋めるため、ヘンリー兄様が気を遣ったのだろうと、リーチェは推測する。

「……リーチェ、何を書いているんだ？」

「ペリー様の求婚に対する、お返事を書いているのです」

「ああ、やけに君に執心だった、アイツか」

ペリー様は先日、国を訪れたボボルケ王国の第三王子。

何故か私に一目惚れしたらしく、以降、積極的にアプローチしてくるようになった。

「まさか、受けるつもりなのか？」

「好意を抱いていただけたのは光栄ですが、私は今、剣の道を究《きわ》めるのに精一杯なので」

「……そう、ならいい」

「？？？」

返答の仕方が、少し引っかかったが……。

元々変人の兄なので、あまり気にしないことにした。

「それはそれとして……別に、君が直接、返信の手紙を書かなくてもよくないか？」

「こういうのは気持ちが大事なのですよ」

「気持ち、か」

「ええ」

再び手元の手紙へと向かう私。

そんな妹の様子を見てルーク兄様が呟く。

「わからないな。どんなに気持ちを込めようと断りの手紙だろう？」

「そ、そうですけど……断るからこそ、丁寧に」

「どんなに君が頑張って書いても、その手紙は相手を不快にさせるのが確定している。僕なら手元に置きたくもない」

「ど、どうして、そんな嫌なことを言うんですか」

「事実だろう……嫌われる相手のことを考えるより、自分のことを考えるべきだ。部下に代筆でもさせた方が、リーチェの時間を有効活用できるんじゃないかと思うんだ。どうせ筆跡なんてバレやしない」

「バレるバレないの問題じゃないんです！　人としての最低限の礼儀と言うものがあるんです！」

合理的、効率的思考のルーク兄様。

対して、どちらかというと思いを大切にする私。

水と油のように交わることのない二人の考え。

「どんなに君が頑張っても、最終的にその手紙はゴミ箱行きだよ、それでも、君は書くのかい？」

「…………」

ほ、本当にこの兄は……。

なんだろう、なんか、なんか……間違っていないんだけど。

頬がぴくぴくとしてしまう。

「そういう非合理的なのは、人間の悪癖だと思うよ……例えば、手作りの料理は美味しいとか、よく言うけどさ。実際に同じ工程なら味なんて変わるわけなくて、そういう気持ちっていうのは」

「ああああああっ、うるっさいんですよ！　用が済んだなら、もう出てってってください！」

これ以上話すと頭がおかしくなると、部屋からルーク兄様を追い出す。

私は普段、怒鳴ったりしない方だと思うけど、兄ルークに対してだけは別だった。

（色々……ありましたね）

懐かしい記憶だ。

思い出したら、朝からイライラしてしまった。

そんな兄だからか、あの優しい顔は本当に現実感がなかった。

「リーチェ、良かった、目が覚めたんだな！」

そんなタイミングで、ヘンリーお兄様が入って来た。

お父様は現在、離れられない重要な仕事が入っており、終わり次第来るそうだ。

「その、ご心配をお掛けして申し訳ありません」

「謝らないでいい、またこうして話せて本当に良かった」

安堵したヘンリー兄様、ギュッと抱きしめられる。

「もう、大げさですよ」

「そんなことはない、命に関わるところだったんだ。もしルークがいなかったら……君は今頃」

「……ルーク、兄様？」

思い出すのは、先程脳裏に浮かんだ私を心配する優しい眼差し。

「さすがルークだ。百年以上悩まされてきた、血の呪縛を解いてしまうんだから」

「血の……呪縛？　なんのことですか？」

「そう……だな、もう済んだことだ、話してもいいだろう」

少し考えたあと、ヘンリー兄様が語り始める。

ラバウル王国の王族に伝わってきた、ケルベロスの血の呪縛を……。

それは鮮烈な内容で、理解するのに時間を要した。

「じ、じゃあ、お兄様がしていた研究は国や私のためで、自分勝手なものなんかじゃ……」

「ああ、すべては一族の呪縛を解くためだ」

「………」

　昨日の光景は、ルーク兄様の優しい顔は夢ではなかった。

「な、なんで、何も私に言ってくれなかったんですか？」

「運命を受け入れるのには強い覚悟が必要だ。知らずに済むなら、その方がいい……ルークの判断だ。俺もそれに同意した」

「で、でも私……」

　ルーク兄様に酷い態度を取ってしまった。

　守られていたのに、それが当たり前のように生きて……。

「やり直せばいい、何度だって」

「ヘンリー……兄様」

「リーチェにはルークが守ってくれた未来があるんだから……」

　ギュッと、私の手を握るヘンリー兄様。

「そうだ、あのメイって子にも、後でしっかりお礼を言わないとな」

「メイ、ですか？」

「ああ、ルークの手術に協力してくれた。運よく居合わせたあの子の支援魔法がなかったら、成功は難しかったとルークが言っていた」

　メイにはオーブの件も合わせて、二度助けてもらった形になる。

私はここにいない彼女に深く感謝した。

「あ！　思い出しました！　ヘンリー兄様、彼女に迫って求婚を」

「そ……その件についてはその、なんだ、一先ず保留だ」

気まずそうな顔のヘンリー兄様。

「強引に事を進めるつもりはない」

「そ、そうなんですか？」

「ああ、彼女にはかなり迷惑をかけてしまった。リーチェの恩人なのに……後で謝りに行くつもりだ」

ヘンリー兄様が少し申し訳なさそうに呟いた。

私が倒れたことで、生誕祭は中断され大騒ぎになった。

一先ず婚約者探し自体が延期になったそうだ。

「あの杖は、実は光魔法の適正を調べるためのものだ」

「そ、そうなのですか？」

「ああ」

光魔法で呪縛そのものを治癒するのは不可能。

しかし、ルーク兄様が調べた結果、母体の光魔法の適正が高いと、呪縛の発現率や因子を子が引き継ぐ可能性がぐっと下がることが判明したそうだ。

「それで、あの生誕祭の婚約者選びの茶番劇ですか」

「ああ、できるだけ自然な流れにしたつもりだったが……」

「も、物凄く不自然でしたよ」

「そ、そうか」

ぽりぽりと頬をかくヘンリー兄様。

ケルベロスの血の因子が強いとはいえ、偶然にも私には剣だけでなく、光魔法の素質があった。

だから、無事回復した可能性もあるのかもしれない。

しかし、ルーク兄様が研究していなかったら、と思うと本当にゾッとする。

「私、これからルーク兄様に会おうと思います」

「身体は……もう平気か？」

「はい！　この通りです！」

「お、おい、病《や》み上がりなんだから、無理は……」

ぴょんとベッドから元気に降りる。

「わかった。気をつけてな……父上には私から伝えておくから」

「お願いします」

「ルークに、今度は三人でお茶しようと伝えておいてくれ」

「……はい！」

ヘンリー兄様の提案に、はっきりと返事する私だった。

雪解け

激動の生誕祭から一夜明けた。

朝起きて、宿部屋で簡単に身支度を整え、下へと降りる。

ここ数日で仲良くなった宿の女将《おかみ》さんにご挨拶。

「あら、メイちゃんおはよう」

「おはようおばちゃん。今日、食堂じゃなくて自室で食べてもいい？」

「構わないけど、床は汚さないでね」

「うん、ありがと」

自室のテーブルに朝食を乗せたトレイを運ぶ。

私が女将さんにわざわざお願いした理由はというと。

「今日のメニューはなんだい、メイ？」

「新鮮なトマトを挟んだ、ベーコンレタスサンドだね」

「いいね、こっちはね……」

「…………」

グレモリアス経由でポチと念話しながらの朝食である。

食堂だと一人言を呟く変な人物に見えるが、自室なら問題もない。

「ふふ、本当に一緒に食事しているみたいだね」

「離れていても、こうして僕たちは繋がれる。ふふふ、本当に便利な能力だね」

「それに強引に巻き込まれる、こっちの身になれ、たわけども」

愚痴るグレモリアス。

それにしても、よく念話を許可したね、ちょっと意外だ。

「過保護神獣、昨日約束したこと、わかっているな？」

「はいはい、わかっているよ」

「グレモリアス、約束って何？」

「緊急のケースを除いて、念話は朝だけというものだ」

なるほど、そういうことね。

ポチは私と話をしたいが、念話はグレモリアスの存在が必須。

何度もせがまれたら迷惑だと、両者の主張は平行線に。

昨夜、二人で落としどころを相談した結果、先程の話で妥協することになったそうだ。


三人での楽しい朝食を終えたあと。

「さて、行きますかね」

支度を終えた私は、昨日の約束通り眼鏡君の家へと向かう。

家を訪れるのも今日で三回目だ。

慣れてきた森を歩きながら色々と考える。

ラバウルに来てまだ十日も経過していないが、随分とここにいるような気がしていた。

(姫様は……もう目覚めただろうか?)

眼鏡君はケルベロスの因子を完全に取り除いたから、問題ないと言っていた。

と、そんなことを考えていると……。

「……う、うぅん」

「…………」

「ううううん」

銀鎧を着た黒髪の女の子が、家の前で右に左にうろうろしている。

外から見ていると、かなり不審者染みた動きだ。

ふと、玄関ベルを鳴らしてダッシュで逃げる、子供の遊びを思い出した。

「さっきから何してるの、お姫様?」

「はうっ!」

声を掛けられて、変な声を出すお姫様。

そんなに驚くとは思わなかった。

「メ、メイっ! どうしてここに!」

「それは寧ろ、私の台詞なんだけど……姫様、怪しさ満点の挙動をしていたよ」

「う、うう、その、ちょっと勇気が……ですね」

昨日の件で、眼鏡君にお礼を言いに来たそうだ。

「メイも……昨日は助けてくれてありがとう」

「私はちょっと隣で魔法を使っただけだよ」

「メイの魔法の凄さは、私もよく知っています……その、ちょっと、がなければ手術は失敗していたと聞いています」

丁寧にお辞儀をするお姫様。

「助けていただいたのは、これで二度目です……なのに私、きちんとしたお礼もできてなくて」

「前の分は、お金くれたじゃん」

「あ、あれは……でも、その」

「汎用性でいえば現金に勝るものはないよ」

きちんと生活するための役に立っている。

お姫様的には納得してなさそうだけど。

「私のことより、眼鏡君にきちんとお礼を言ってあげて……本当に頑張ったんだから」

「はい、勿論です……私、その、ルーク兄様のことを誤解していて、だから、ちゃんと謝ろうと思って……ただ、その」

「どうしたの？」

何故か、言い淀むお姫様。

ああ、そういうことか。

「兄妹、水いらずの時間を邪魔しちゃ悪いね、私、時間ずらして来るよ」

「ま、待ってください、行かないで！」

慌てて私の袖を摑むお姫様。そういう意味じゃないの？

「わ、私、どう話を切り出すべきか、わかんなくて」

「思ったまま言えばいいじゃん」

「今までの関係がアレでしたので、それでまた、喧嘩になったらと思うと、怖くて……い、一緒に来ていただけたら嬉しいなぁ、なんて」

「面倒くさい、お姫様だ」

「メ、メイって結構、遠慮ないですよね」

ちょっと傷ついた顔のお姫様。

普段は凛々《りり》しいのに、やれやれである。

「ほら、行くよ」

「あ、あの、ちょっと、まだ心の準備というものが！」

「ここで、ウロウロしてたって、しょうがないでしょ」

こういうのは勢いが大事である。

無理矢理、お姫様を小屋の入り口へと引っ張っていく私。

来客のベルを鳴らして扉を開ける。

「やぁ、眼鏡君、一日ぶり」

「約束通りに来たね……って」

椅子から立ち上がって出迎えてくれる眼鏡君。

その視線は私の背後に向けられていた。

「リーチェが君と一緒にいるのは何故？」

「そこで、ウロウロしてたから、引っ張って来た」

「……なんだ、それ」

入口に立ち、じっと眼鏡君の顔を見るお姫様。

「こ、これはその、あの……」

「まぁいいや、元気になったみたいだな。入口に立ってないで、とりあえず二人とも入りなよ」

「は、はい」

「お邪魔します」

おずおずと中に入るお姫様。

長くなりそうなので、紅茶を入れようとする眼鏡君。

「私、手伝うよ、確かカップはこっちの棚だったね」

「ああ、助かる」

「……って、どうしたの、お姫様？」

「………いえ」

お姫様が背後からじっと私を見ていた。

「なんで、メイがこの家の食器の場所なんて知っているのですか？　今日初めて呼ばれたのではないのですか？」

「勘だよ、勘」

「えぇぇ？」

納得しないお姫様。

やれやれ……と、ため息を吐く眼鏡君。

「型抜きの時もそうだったけど、面倒だからって、いきなり雑になるその癖なんとかならないか？」

「私、時々、この世のすべてがどうでもよくなるんだよね」

「き、危険人物すぎる」

そんな冗談交じりの会話を交わす私たち。

怪訝そうに、こちらを観察するお姫様。

「変な質問をしますが、昨日が初対面なんですよね？　ルーク兄様とメイ」

「もちろんだよ、本当に可笑しなことを言うね」

「…………」

眼鏡君と仲良く重なる声。

平然と嘘を吐く私たちを、お姫様はジト目で見ていた。

丁度話を遮るように、お湯が沸いてくれた。

三人で、入った紅茶を楽しむ。

なんか、以前より美味しくなっている気がする。

ちょっと、練習したんだろうか……。

「美味しいです、ルーク兄様」

「気を遣わなくていいよ、普段君が飲んでいる味にはまだ届かないはずさ」

「もう、本心なのに、すぐそういうこと言うんですから……兄様は」

ツッケンドンな兄の返答に、膨れ顔のお姫様。

「お姫様、そんなことより、言うことがあるんじゃない？」

「あ……そ、そうでした」

せっかく謝りに来たのに、また喧嘩したら意味がない。

その前に話の軌道修正をする私。

「ケルベロスの呪縛について、すべてヘンリー兄様から聞きました」

「そうか、それで……？」

「私、ルーク兄様のことを誤解していました。兄様の研究の意味も知らずに、自己中心的だとか、王族の務めも果たさないとか、酷いことを沢山言いました」

「…………」

「ごめんなさい、ごめんなさい、何度謝っても足りないけど……私、私っ」

俯き、本当に申し訳なさそうに呟くお姫様。

表情は長い髪に邪魔されてよく見えないが、はっきりとした後悔が伝わってくる。

「顔を上げろ、リーチェ」

「で、でも」

「妹に頭を下げさせて喜ぶ趣味は、僕にはないんだよ。君に黙っていたのは僕だ、責任を感じる必要はないんだよ」

眼鏡君が隣に座るお姫様の顎をくいっと持ち上げる。

「僕は嫌々、研究をしていたわけでもないしね。この国では禁忌とされるケルベロスの研究が、趣味と実益を兼ねた好奇心を満たす題材であったことは確かだ」

「ルーク兄様」

「それに僕は、それをオーブに悪用されて君を危うくさせた大間抜けだ。謝るのは僕の方なんだよ」

「いいえ、謝るのは私の方です……それに、兄様は助けてくれたじゃないですか！」

「兄が妹を助けるのは当然のことだ」

じっとお姫様の目を見る眼鏡君。

その瞳は昨日見た、優しい兄としての眼差しだった。

「ああ、夢じゃなくて良かった」

「うん？」

「私、兄様に嫌われていると思っていました」

「僕は嫌いなら嫌いと言うよ。ただ僕とリーチェは性格的に合わないだけさ」

「も、もう、またそんな酷いことを言うんですから！　大体兄様は……」

頬を膨らませるお姫様。

でも、文句を言うその声はとても楽しそうだった。

三人で談笑しながら、楽しい時間を過ごしていく。

無事、和解したようで良かった。


「リーチェ、もう帰るのか？」

「ええ、兄様。言いたいは伝えられましたから、それに……メイも大事な用件があるのでしょう？」

「まぁ、ちょっとね」

私に気を遣ってくれたらしい。

用が済んだ、お姫様を見送ることにする。

「あ、メイ……ちょっと二人だけで、いいですか？」

「私？」

お姫様からご指名を受けてちょっと戸惑う。

「僕は先に家に入っている、リーチェ……気をつけて帰りなよ、病み上がりなんだから」

「はい、兄様、ありがとうございます」

眼鏡君が家に入っていくのを見送ったあと。

「ごめんなさい、わざわざ……」

「いいよ、それで何かな？」

「メイに一つ、聞いていいですか？」

「それは……内容によるかな」

わざわざ二人きりになるくらいだ。

相応に踏み込んだ話だろう。

外から見ても違和感だらけの眼鏡君との関係。

もしかすると私の正体に気づいた可能性だってある。

「ど、どうしたら……メイみたいに、もっと兄様と仲良くなれますか？」

「ほぇ？」

姫様の口から発せられたのは予想と百八十度違う質問。

反射的に、間抜けな声が零れた。

「こ、こんなことを聞けるのは、メイしかいなくて」

警戒したのに、随分と可愛らしい質問だった。

「何か秘訣があれば、教えて欲しいんです」

「と、突然言われてもね」

「そ、そこをなんとか、だって、あのルーク兄様とあんなに仲良くなった子なんて、メイ以外に見たことないんですよ」

拍子抜けしたが、姫様にとっては大事なことなんだろう。

過去の行いから真面目に考えてみる。

何故、眼鏡君と仲良くなれたのか？

その結果から導き出されたのは……。

「適度な心理的距離感を維持することだね」

「な、なんですか、それ？」

「たぶん眼鏡君、ぐいぐい迫ると逃げるタイプだよ」

今の姫様みたいに真面目なのは裏目に出る気がする。

私だって、仲良くなろうと思ったわけじゃない。

結果的にそうなったっていう話だ。

「要するに、仲良くなろうと思わないことが、仲良くなる秘訣だね」

「む、難しすぎるんですけど！」

「あはは」

まぁ……いいじゃない、今みたいな関係でもね。

無理に関係改善する必要はない。

お互いを大切に思っているってわかったんだから……。

「質問は以上でいいのかな？」

「はい、それだけです」

きっぱりと言うお姫様。

私が変に考えすぎだったか、と安堵していると。

「私からは……何も聞きませんよ」

「お姫様？」

ビュウウウ、と大きな風が吹いた。

「メイが何者であれ、私を助けてくれたことに変わりはありません」

「……お姫様」

「繰り返しますが、私からは何も聞きません。少し寂しいですけどね、メイを困らせたくありませんから」

姫様が真っすぐに私の顔を見る。

「ただ、私はすべてを受け止めるつもりでいます。貴方が少しでも私を信頼してくれているのであれば……話してくれると嬉しいです」

「…………」

先ほどまで漂っていた緩い空気は霧散していた。

姫様の顔は、とても真摯《しんし》なものだった。

「…………」

その言葉を最後に、去っていこうとするお姫様。

私は暫し考えたあと。

「今の言葉……偽りはない？」

「え？」

私の声に、振り向くお姫様。

「すべてを受け止める覚悟は、本当にある？」

53 優しい嘘

姫様と話した後、眼鏡君の待つ小屋へと戻る。

先日、中断した話をするためだ。

「やぁ、遅くなってごめんね」

「随分と話し込んだみたいだね」

「ちょっと、色々あってね」

眼鏡君は先に椅子に座って待っていた。

私も席につき、今日の本題へと入ることにする。

「昔話を語って旧交を温める前に、三つ聞きたいことがあるんだ」

「三つ？　二つだと思っていたけど……」

「昨日、急に増えたんだよ」

訝し気な顔の眼鏡君。

「まぁ、別にいいけど。一つ目は生誕祭のアステイル、二つ目は神霊鋼の件で合ってる？」

「うん、そうだね」

「じゃあ、まずはそこから説明しておこう」

まずは一つ目について。

生誕祭で突然出てきた聖杖アステイルについて。

「僕が作ったあの杖は当然本物ではない、レプリカだ。君との約束をきっかけに、ずっと研究をしていたんだよ」

「よく覚えていたね」

「忘れることはなかったよ、それだけあの一日は僕にとって大事な時間だったんだ」

私の目を見て真っすぐに言う眼鏡君。

「よくあそこまで再現したね。昔の文献に設計図でも載っていたの？」

「いや、そこまで詳細なものはなかったよ」

「そうなの？　宿る力はともかく、見た目は似ていたけど」

「そう……だね。これは二つ目の質問にも繋がることだし、そこから説明を続けていこうか」

一拍置いて、眼鏡君が説明を始める。

「僕やリーチェの大昔の先祖が神匠ザウルなのは知っているね？」

「うん」

「僕たちの血には先祖の記憶が眠っているんだ。剣聖としての才を引き継いだのがリーチェなら、神匠としての知識を引き継いだのが僕だね」

「……うぅん」

「あまり理解してなさそうだね」

「いや、お姫様みたいに剣の才能はまだなんか、漠然と理解できるんだよ。肉体的な遺伝子は引き継ぐものだしね」

それにしたって、ザウルは千年以上前の人物だ。

現代では血も薄まってそうだが。

「でも知識や技術ってなると、もっと形のないものだから……」

「君の言いたいことはわかるよ、でも、僕たちはちょっと特別でね。これが二つ目の神霊鋼の件に繋がるんだ」

かつて神殿の建築に携わったザウル。

彼はその完成後、神々から一つの報酬を受け取った。

培《つちか》った経験や技術が失伝されることを惜しんだザウルが望んだのは、後世への自身の能力の継承である。

剣才を引き継いだお姫様は、最初から自然と最適な体の動かし方ができ、人の何倍もの速度で成長できる。

眼鏡君の知識の場合は、情報の切っ掛けに触れることで、眠った知識が蘇るそうだ。

「例えばアステイルの文献を読めば、過去の制作工程が脳裏に浮かぶ」

「え？　……ってことは、あの杖、神匠ザウルの作品だったの？」

「やっぱり……知らなかったんだな」

お、驚いた。

じゃあ私、とんでもない人物に杖の売却を暴露していたんだね。

「ぶっちゃけすぎだよ、まったく」

「だ、大丈夫だったかな？　その、周囲に色々と……」

「製作者は周知されていないし、心配せずとも、オリジナルを知る人なんて殆どいない。そも、伝説級アイテムの模倣品なんてそこら中にあるだろ？　いくらでも誤魔化せる」

「そ、そっか」

ホッと一安心する私。

「にしても……まさしく知識の遺産だね」

「そうだね」

眼鏡君の話を聞いて本当に驚いた。

数世代に一度、ザウルの血の濃い、眼鏡君やお姫様のような王族が生まれるそうだ。

そして、ラバウルの王族は血の情報が途絶えないように、時々調整が入るらしい。

神様パワー、本当になんでもありである。

「ただ、これはデメリットもあってね、それが表に出たのがケルベロスの呪縛さ」

「余計な物（呪縛）まで引き継ぎやすいってことだね」

「そういうことだね」

なるほど……ん？　待てよ。

「と、いうことは……」

「ああ、僕は神霊鋼の加工法を知っているよ。風の神殿で情報に触れたしね」

「や、やったあああああああああっ！」

見つかった、無事見つかったよ。

話が済んだら念話で連絡しよう、きっと皆喜ぶだろう。

その後は杖で起きた生誕祭の茶番劇の理由を教えてくれた。

相性うんぬんなど嘘っぱちで、アステイルを使って、婚約者の光魔法の適正を調べるのが目的。

適正が強いと、生まれた子供のケルベロスの呪縛の発現率を大きく下げることに繋がるとか。

ヘンリー王子に私が迫られた時は何事かと思ったが、事情が判明してようやくスッキリした。

「さて、僕も聞いておきたい。風の大聖女である君が、神殿素材である神霊鋼を求めてラバウルまで来た……どこから、どこまでが偶然？」

「魔法陣の事故は偶然、他は全部目的に沿ってだね、あ……言っとくけど、私はもう大聖女じゃないよ」

「何？」

もう、隠し事をする必要もないだろう。

眼鏡君に大聖女を辞めるまでの経緯や、今は北の地の改善のために動いていることなど。

ここに来るまでの流れを素直に告げる。

「あっははは、相変わらずだな、君は……」

「こ、これでも成長したと思うんだけど」

「そうだな、前は髪も短かったけど、長くなったし、見た目は女性らしく変わったよ。でも中身は……破天荒で、自由で、僕を驚かせてくれたあの時のままだ」

嬉しそうに眼鏡君が笑った。

ほ、褒めているんだろうか、なんとも微妙だ。

でも、眼鏡君は楽しそうだった。

「君にもう一度会えて、本当に良かった」

「これで終わりみたいな言い方しないでよ。生きていれば何度だって、会えるんだから」

「はは、そう……だな」

「………」

笑みを浮かべる眼鏡君をじっと見る私。

私は見逃さなかった、その顔に一瞬影が差したのを……。

（やっぱり君は、自分からは言ってくれないんだね）

ちょっとだけ、悲しくなった。

「残る一つ、いいかな？」

「と、そうだった、忘れていた。一体何が聞きたいんだ？」

「うん、答えにくいかもしれないけど、できたら正直に答えてくれると嬉しいかな、私にとっては神霊鋼と同じか、それ以上に大切なことだから」

「勿論だ、僕にはもう、君に隠し事をする理由はない」

「そっか、助かるよ」

それを聞いて安心したよ。

ここからが今日の核心。

できればしたくなかった、最後の質問へ。

「君の命、いつまでもつの？」

「っ！」

笑顔が消え、息を呑みこむ眼鏡君。

想定外の質問に、部屋の時間が完全に止まった。

「おいおい、突然な質問だな」

「せめて、そこは……ノータイムで返して欲しかったな」

「仕方ないだろ、あまりに唐突だったんだから……」

笑って、元の空気に戻そうとする眼鏡君。

でも、浮かんだ疑念はそんなことでは消えない。

「前に話した時、眼鏡君、世の中綺麗に出来ていないって言ったね。私も同意見だよ」

だから私は、都合がいい時ほど、物事がうまく運んでいる時ほど、疑うようにしている。

「……一応、聞こうか、そう思った根拠を」

「昨日、眼鏡君はお姫様の手術は成功したと言ったね」

「ああ、だからリーチェはもう今後、なんの心配もせずに安心して生活できる」

「うん、君がケルベロスや混合魔獣《キメラ》の研究を進めた結果、姫様を救うことができた、君の頑張りが実を結んだんだ」

「自分で言うのもなんだけど、そうかもね」

眼鏡君が首を縦に振った。

「眼鏡君、昔、収穫祭で私にちょっとした計算を披露してくれたのを覚えてる？」

「ああ、君は驚いていてくれていたね」

「うん、私もあれから勉強してね、五桁の計算もできるようになった」

「成長したね」

「うん、さすがに暗算は無理だけどね」

先代の婆さんが色々と教えてくれた。

魔法だけでなく、生きる上で必要な最低限の学問を……。

当時は鬱陶しく思ったものだけど。

いざ神殿の外に出て生活してみると、そのありがたみを実感する。

「私は今でも君ほど頭良くない。でも簡単な計算くらいならできるんだ」

「さっきから……何が言いたいのかな？」

「姫様の身体から抜いたケルベロスの因子……どこに行った？」

「…………っ」

はっきりと眼鏡君が動揺する。

「悪いけど答えられないな、僕もすべて理解しているわけじゃないからね」

「もう少しはっきり言おうか？　君がしてきたのは混合魔獣《キメラ》の研究だよね。なら今回の手術で何と混ざったの？」

「…………はぁ」

大きくため息を吐く眼鏡君。

確信を持った質問で、ようやく観念したようだ。

「自分では隠せていると思ったんだけど、どこに違和感があった？」

「昨夜のうちは確信を持てなかったよ、気づいたのは今日の眼鏡君の様子からだね」

これでも元大聖女、たくさん戦地に赴き、色んな怪我人も診《み》てきた。

激戦地の中で仲間を心配させまいと、自分の傷を隠し、笑みを浮かべて亡くなった人もいる。

そんな人の顔に、今日の眼鏡君はそっくりだった。

「第六感が働いたってこと？　そんな人間観察的なので……」

「いんや、具体的な理由もあるよ……君さ、気づいてなかったでしょ、お姫様が先に家に来ていたこと」

「それが？」

「なんで、感知結界があるのに事前に気づかないの？」

気が抜けていた？　眼鏡君はそんなタイプじゃないだろう。

おそらく、そんな余裕もない状況だったのだろう。

「君今、痛み止めの薬か何かで、感覚を遮断して、無理矢理平然を装っている状況なんじゃないの？」

「参ったな……本当」

「気配も昨日と違う、無理矢理人を装う感じって言うのかな？　変質が進んでいるでしょ」

「……ふぅ」

天井を仰ぎ、息を吐く眼鏡君。

「昔から君はそうだった。考えなしに見えて愚かじゃない。思考は雑で大雑把だけど、鋭く本質を突いてくる」

「眼鏡君とは、ちゃんとした再会をしたかったよ」

「僕もだよ、できることならそうしたかった」

悲しそうな目を浮かべる眼鏡君。

「このままだと……薬で誤魔化しても数日が山だろうね」

「……そう」

思った以上に短い。

もし変質の痛みに耐えきったとしても、ケルベロスになれば自我をなくすという。

先日戦ったオーブが融合したのはオリジナルのケルベロスじゃなかったから、無事に済んだだけだ。

考えたくないが、きっと彼はそうなる前に自分を……。

「それまでに、魔法陣の修復はなんとか完了させるよ」

「そんなものより、今は自分のために時間を使いなよ」

自らの死期が迫っているというのに……。

眼鏡君の態度にイラついてしまう。

「もう、どうしようもないの?」

「ああ、できるなら……やってる」

「…………」

ケルベロスへの肉体の変質、状態異常とはまた違うので、私の魔法では止められない。

大聖女なんて呼ばれても、なんでもできるわけじゃない。

「自己犠牲なんて、合理的な眼鏡君らしくないよ」

「はは、その通り……全くだ」

本当……不愉快だ。

聡明な彼だ、この結末を理解していなかったはずがない。

それでもお姫様を助けることに迷いはなかったのだろう。

「頼む、リーチェには黙っていてくれ」

「何言ってんの？　それは……無理だよ」

「僕から君への最後のお願いだ。アイツの心はそんなに強くはない、この事を知れば必ず自分を責め……」

「悪いけど、聞き入れられないよ、何故なら……」

「メイフィート？」

そのタイミングでバタンと大きく扉が開いた。

「なっ……リーチェ！」

「……ふ、ふざけないで、ください」

現れたのは先程お茶して、別れたはずのお姫様。

兄の意志を知り、その瞳には怒気が宿っていた。

わなわなとその拳が震えている。

「すべて、聞かせてもらいました」

「どういうことだ、君は帰ったはずじゃ！」

「帰り際、メイに言われたんです。知る覚悟があるなら残れと……」

「……メイフィート」

なんてことを、って顔で眼鏡君が私を睨んでいた。

約束する前だから仕方ないよね。

「いい加減にしてよっ！」

「リーチェ？」

眼鏡君の胸元へと、飛び込むお姫様。

「なんで、なんでっ、いつも……そうなのですか！　ルーク兄様は！　一人でずっと抱え込んで」

「………」

「苦しいなら言ってください！　どうでもいいことは、はっきり言う癖に、大事なことは何一つ教えてくれない……ううっ」

がしっと、皺ができる程強く白衣を手で掴みながら、嗚咽《おえつ》交じりに言葉を紡《つむ》ぐお姫様。

瞳からポロポロと大粒の涙が零れだす。

心配する妹の背中にゆっくりと手を回す眼鏡君。

「私、兄様みたいな天才じゃない。だから……言ってくれなきゃわかんないのに！　せっかく仲直りしたのに、こんな別れ方はあんまりですっ！」

そんな二人の様子を私は見守る。

真実を先に知ろうが後で知ろうが、姫様は必ず後悔するだろう。

私のしたことが正解だなんて思ってない。

ただ、自分の思うままに行動しただけの話だ。

「諦めずに最後まで考えましょう、兄様の体をどうにか戻す手段を……」

「そうそう、姫様の言う通り……時間はもう少しあるんだしね」

事実を知りつつも、前を向いているお姫様。

君が思うほどお姫様は弱くないよ、眼鏡君。

「眼鏡君、言っておくけど、楽に死ねると思わないでね」

「え？」

「姿が変質しようが私は無理矢理君を生かすよ。ケルベロスになろうが、私の回復魔法で自決なんて絶対にさせない」

私の言葉にごくりと息を呑む眼鏡君。

「な、なんて、恐ろしいことを考える大聖女だ」

「ふふふ、元だからね。それが嫌なら治すしかないね」

「君って奴は……まったく」

諦めたように息を吐く眼鏡君。

でも妹と私の気持ちを知った彼は、ほんの少しだけ嬉しそうに見えた。

生きようとする意志はとても大事だ。

時折、どんな魔法にも及ばない奇跡を起こすこともある。

あとは元に戻す手段をどうやって見つけるかだ。

「大聖女だったメイの魔法を使っても、治癒することは不可能なんですよね」

「うん……そうだけど、て、お姫様今なんて？」

「いや、だから……大聖女って、さっき兄様と話していましたよね」

「…………」

　ああうん、言ったね、確かに言ったけどさ。

「ど、どうしました？」

「いや、さらりと言うものだから……」

「なんというか、情報過多すぎて、却《かえ》って冷静になれたというか」

　な、なるほど。

　眼鏡君の衝撃的な話で上書きされたわけか。

「ごめんね……私、姫様の憎き敵なんだよね」

「え？　そ、そんなこと言いました？　私」

「いやほら、オーブの隠れ家で……言わなかったっけ？　あの女が兄様を変えたとかって」

「あ、あぁ……あれですか、あれは、その……恨んでいるわけじゃなくて、今思えば、その……」

　私に耳打ちするお姫様。

「ああ、大切な兄を私に取られたみたいで、嫉妬したんだね」

「なんで、口に出してはっきりと言っちゃうんですかぁ！」

「さっきから、二人で何を言っているんだ」

　幸い眼鏡君には聞こえなかったようだ。

顔を真っ赤にするお姫様、とにかく恨んでいないなら良かった。

「と、とにかく、超一流の光魔法の使い手である、メイでも呪縛を切り離すのが不可能となると、普通のやり方では難しそうですね」

「そうだね、真面目《まじめ》な人間じゃ思いもつかない手段を考えない……と、ん？」

何か、何か大切なことを忘れていないか、私。

眼鏡君の肉体から、ケルベロスの因子だけを抜く。

そんな精密な肉体操作が可能な人物。

「あ、あああああっ！」

「メイ、どうしました？」

なんという偶然だろうか。

身近に、そんなことを得意とする人物が丁度いた。

「一人だけいる、眼鏡君を助けられる可能性がある人、一癖あるから協力してくれるかは報酬次第だけど」

「ほ、本当ですか！」

「うん、都合を確認したいから、ちょっと時間を頂戴」

「は、はい！」

タダ働きはしないだろうけど、今回頼れるのは彼しかいなかった。

その後、連絡を取った結果。

今夜、彼と会うことになったのだった。

眼鏡君のことを報告しに、姫様は一度王宮へと戻っていった。

私は時間が来るまで、眼鏡君の家に待機だ。

眼鏡君一人だと、万が一、症状が悪化した場合に不安だ。

二人で適当に雑談しながら過ごしていると、太陽が沈んで夜になった。

「綺麗な……満月だ」

「全てを終わらせた後、皆でお月見と洒落込みたいね」

「そう、だね」

裏手の庭の椅子に座って空を見上げる二人。

夜風が、私の長い髪をなびかせる。

「眼鏡君、私には君の力が必要なんだ。こんなところで死んでもらっちゃ困るからね」

「生き残ったら君の仕事に全面的に手を貸すよ、北の大地、神々に滅ぼされた古代都市……最高に興味をそそられる」

「ん、約束だからね」

「ああ、不思議だよ、どんなに絶望的な状況でも、君が傍にいると、光が差す気がする」

「あはは、買い被りすぎだよ」

二人でお姫様が来るのを待つ。

なんでもない日常の一幕のように、話をしながら……。

「メイ、ルーク兄様」

指定時間の十分前に、姫様たちがやってくる。

隣に一人、見知った顔が増えていた。

「ヘンリー……殿下」

「すまない。リーチェに話を聞いた。ルークの危機に、王宮でじっとなんてしていられない」

「そう、ですか……」

まぁ気持ちはわかるけどね。

「俺にも普通に話してくれていいぞ、風の大聖女メイフィート」

「………え？」

「もう、変に演技せずともいい」

ふと、お姫様の方に視線を送る。

私の素性を話したのかと思ったが……。

「リーチェじゃない、俺が消去法で絞りこんだ。アステイルがあれだけの反応をする人物は限られるし、その後のルークの君を庇うような対応と、噂に聞く容姿の特徴からピンときた」

「……なるほど、ね」

まぁ、もう今更か。

お姫様に話した以上、既に隠しても意味はない。

陛下も来ようとしたが、何が起きるかわからないので、ヘンリー王子だけが来た形だ。

「昨日の生誕祭ではすまない、君に勘違いさせてしまうことを言った」

「いいよ、もう……今はそれどころじゃないし」

「だが、俺は君の心を弄《もてあそ》んでしまった、中途半端な軽い気持ちで君に近づこうとしたんだ」

「……」

な、なんか嫌だな、この会話。

事実なんだけど、私が遊ばれたみたいな感じで……。

「ところで、ルークの呪縛を取り除けるという人物はまだ来ていないのか？」

「うん、もう、そろそろ……かな」

「だが、全然その気配も……」

そんな話をしていると……。

眼前の空間がぶぅんと大きく歪み始めた。

「「なっ！」」

「さすが……時間ぴったりだ」

「来たぞ、メイフィート」

まさかの登場の仕方に驚く王族メンバーたち。

背中には六翼、悪魔公爵グレモリアスが空から舞い降りる。

「ふ、二人とも後ろへっ！」

「あ、ああ、悪魔……それも公爵級だとっ！」

「ま、まさか、メイフィート……協力者って」

「ご想像の通りだよ」

警戒しながら後ろに下がるお姫様、手でヘンリー王子と眼鏡君を庇うように立つ。

困惑するのも無理はない。

悪魔と仲のいい聖女なんて聞いたことないだろうしね。

でも今回は彼の力が必要だ。

「お待ちしておりました悪魔公爵、グレモリアス閣下」

「あぁ？」

「お忙しいところ、大変申し訳ありません……本日は貴重なお時間をいただき、ありがとうございます」

「貴様……なんだ、その態度は？」

　気持ち悪いものを見るように私を見た。

「い、いや、なんか……最近、君を使いすぎてる気がするから、さ」

「わかっているなら遠慮しろ。仕事を終えて一杯やるという、夜の楽しみが、貴様のせいで台無しだ」

　グレモリアスが、私をギロリと睨んだ。

も、申し訳ないと思っているのは本当だよ。

「まったく、あの過保護神獣ともども……」

「あ、そういえば、ポチは今どうしてるの？」

「事情を伝えたら、貴様に会いたいと、無理矢理我の転移に付いてこようとしてな。その結果、次元の狭間に落っこちた」

「へぇ……て、うえぇっ？」

さらりととんでもないこと言ったぞ。

「ま、そのうち出てくるだろう……別に一生そのままでも我は困らないが」

そんなことを言うグレモリアス。

ポチ……ああポチ、心配だ。

「あんな放っといたって自力でどうにかする、非常識生物の件はどうでもいい、とっとと貴様の話をしろ、時間は有限なんだ」

「………」

少しムッとしたが、今はポチのことを信じるしかないだろう。

「大まかな事情は念話で伝えた通りだよ。こちらの眼鏡をかけた彼のケルベロスの因子を引っこ抜いて欲しい」

「……ふむ、そこの眼鏡男、少し肉体に触れるぞ」

「ぐ」

眼鏡君の体に手を伸ばすグレモリアス。

心配そうにその様子を見るお姫様とヘンリー王子。

「メイ、ほ、本当に大丈夫ですか？　この悪魔は……」

「ここは私を信じて欲しいな」

「わ、わかりました」

リエールの肉体に変身したり、死体を組み合わせて新しい身体を作り出したり、グレモリアス以上に肉体の改変に長《た》けた存在を私は知らない。

そこでコンタクトを取ることにしたのだ。

「なるほど……現在進行形で肉体を浸食している異物があるな」

一瞬で肉体の状態を把握するグレモリアス。

なんという頼もしい男だろうか。

「どう、できそう？」

「愚問だ、容易《たやす》いことだ、我の力ならな」

「おおっ、さすが」

「本当か！」

「本当ですか！」

「その娘にできずとも、我なら助けることが可能だ」

浮かんだ希望に破顔するヘンリー王子とお姫様。

じっと私を見るグレモリアス。

「元大聖女であり、人を救うための修行を何年もしてきた癖に、肝心な時に役に立たず、悪魔の助力が必要とか、その存在意義を追及したいところではあるが……まぁ、それは置いておこう」

い、一々うるさいなぁ。

「言っておくが、我は悪魔だ。契約に基づいて動く。タダ働きなど我は絶対にせん、相応の対価を要求するぞ」

「君と私の仲だよ、多少オマケしてくれると……」

「相応の対価を要求するぞっ！」

ははん、なるほどわかった。

君、ここ最近の扱いで、相当ストレスを溜めているね。

「そもそもが、今回の契約相手は貴様ではないだろうが、契約対象はきっちりせねばならん、横から口を挟むなよ」

そういうものらしい。

じっと三つ子たちを見るグレモリアス。

「さて、それでは契約の対価についての話を進めようか」

「兄様を助けられるのであれば、惜しむものなどありません！」

「リーチェ……悪魔相手に言質《げんち》を取られる真似は軽率だ」

「ですが、ルーク兄様……私は兄様を」

「君に何かあったら、僕が助けた意味がないだろ」

「落ち着くんだ、二人とも……まずは話を聞くべきだ」

わやわやと話し合う王子王女たち。

三人をじっと観察するグレモリアス。

「ふむ、見ればお前たち、なかなか上質な魂の輝きをしている。貴様らはこの国を統《す》べる一族だそうだな。その命を救うのだ、その対価は絶大なものとなるぞ」

「覚悟は、できています」

「俺もだ。死ぬのはさすがに困るが、寿命の半分ぐらいならくれてやるさ」

「ふん、話が早くて結構、既に我が汝らに欲するものは決まっている」

久々に、グレモリアスの悪魔らしいところを見た気がする。

緊張から、ごくりと唾を飲むお姫様たち。

私の時、グレモリアスは魂を望もうとしていた、拒否したけど。

今回彼は一体、何を望むのか？

「国の秘宝、千年酒バブルプッカをありったけ寄越せ！」

「「……は？」」

た、魂関係ない。

まさかの報酬に、呆然とするお姫さまたち。

「き、聞き間違えましたかね」

「い、今、お酒と言ったか？　悪魔公爵よ」

「そうだ、我は知っている。ラバウルの精霊湖の水を使い、永い時を経て熟成された、幻の名酒バブルプッカ。滅多に市場に出回ることもなく、出ても末端価格で数十億ゴールドはする至高の一品だ」

お、お詳しいですね。

「「…………」」

「沈黙か、言っておくが隠しても無駄だぞ……既に調べはついている」

グレモリアスさん、黙ったのは違う理由だと思いますよ。

「な、何故、魂でなく酒を？」

「何よりも価値のあるものだからだ。今の我の目的はこの世界を楽しむことだ。既に肉体と活動

手段を得た我にとって、魂は最優先すべきものではない。どちらに価値があるかなど、考えるまでもない」

本当に変わった悪魔である。

ふふふ、でも、そんな君が私は嫌いじゃないよ。

「それで、どうするのだ？」

「も、もちろんいい！」

「おお、お願いだ、ルークを助けてくれ」

「なんなら王宮の酒蔵まるごと持って行っても構いません！」

我に戻った三人は首を縦に振ったのだった。

「では始めるぞ、ルークとやら……」

「ああ、わかった」

グレモリアスの正面に立つ眼鏡君。

グレモリアスが眼鏡君の胸元に触れると、ぬぷぷ、と沼に手を沈めるように、手が中へと入っていく。

「……ぐ」

眉間に皺を寄せ、苦痛の声を出す眼鏡君。

なんか……一部の人間が喜びそうな絵面《えづら》だ。

真面目にやっている二人には申し訳ないけど。

「一瞬で終わらせてやる、我慢しろ」

「くっ！　ああっ！」

グレモリアスが体内から、勢いよく腕を引っこ抜く。

「………」

「ル、ルーク兄様っ！」

脱力し、意識を失う眼鏡君を慌てて支えるお姫様。

「悪魔グレモリアス、ルークはっ！」

「心配するな、兄よ。変質した肉はしっかり切り離した。この男は肉体改変の影響で一時的に気絶しただけだ。これで元通りの生活を送れるはずだ」

「そ、そうか」

「ああ、良かったっ！」

安堵するお姫様とヘンリー王子。

グレモリアスさん、本当にありがとうございます。

君がいなかったら、たぶん詰《つ》んでいたよ。

「ところで、グレモリアス……摘出した部分はどこに？」

「ああ、そのへんに落ちているはずだ」

「え？」

さすがに放置したままはまずいだろう、たぶん。

皆で草むらをかき分け、目的の変異肉を探す。

「な、なかなか見つからないですね」

「ど、どこだ？」

「ちょっと待って、今灯りを強くするから」

私が、周囲を何十メートルと照らす大きな光源を作成する。

視界が良くなると同時。

くっちゃ、くっちゃと、音が聞こえてきた。

「な、なんか変な音がしませんか？」

「…………うん」

ちょっと嫌な予感を感じながら、草むらを歩き、音の発生源へと向かうと……。

「おや、君は確か」

「わふん？」

そこには先日会ったムーンウルフがいた。

以前、眼鏡君が餌付けしていた子だ。

「わっふ、わっふ……わふ？」

まさかまた再会するとはね。

それにしても、口元にあるピンク色の物体が凄く気になるね。

「ねぇ、グレモリアス、あれって眼鏡君から取り出したケルベロスの肉？」

「そうだな」

「…………」

言葉も出ないとはまさにこのことだろう。

あっという間に食べてしまい、止める暇もなかった。

直後、ムーンウルフはぶるぶると振動を始めた。

「メイフィート、我はしっかり約束を果たしたぞ」

「うん、そうだね」

「これで、そこの男は元に戻ったはずだ」

「そうだね、なんで繰り返して確認なんてするのかな？」

摘出された肉を取り込んだムーンウルフの異変。

も、猛烈に嫌な予感がするね。

その直後、ムーンウルフの肉体は急激に膨張を始めた。

一瞬で何十倍以上のサイズへ。

急変したムーンウルフを見て、戦慄《せんりつ》するお姫様とヘンリー王子。

額からは冷たい汗が流れていた。

「まさか……まさ、か」

「う、嘘だろう」

体長五メートルを超える巨体、強烈な存在感。

三つの巨頭が、こちらを睨みつけてくる。

そこにいたのは、冒険者ギルドに飾られていた絵にそっくりな獣の姿。

「「「オオオオオオオン！」」」

耳をつんざく咆哮《ほうこう》が森の中に木霊する。

戦わずともわかる、その圧倒的な強さ。

以前見たパチモンのケルベロスと融合したオーブなど比べ物にならない。

ラバウル王国を滅ぼしかけた災厄級魔物ケルベロスが、現代に蘇った。


「「……」」

呆然とする私たち、まさかのケルベロス復活。

眼鏡君が助かり、安堵できたのもほんの一蹴のこと。

「落ちている物は食べるなって、後でお仕置きしなきゃ」

「そんな犬の躾で済むレベルじゃないですよ、目の前の化け物は！」

叫ぶお姫様、確かにその通りである。

とにかく、この危機をどうにかしなければ……。

真っ先に思いついた手段は……。

「グレモリアス！　眼鏡君と同じように、変異した肉を摘出ってできる？」

「無理だ。あれは肉体と完全に融合してしまっている。ああなると我でもどうにもならん」

「……そう」

あっさりとグレモリアスに否定される。

こんないきなり、変身するなんて……吃驚だ。

眼鏡君は、ケルベルスの変質には痛みがともなうと言っていた。

普通は、完全に変化する前に発狂して死ぬ、と。

しかし、ムーンウルフは苦しむ様子もなく、一瞬でケルベロスに変化した。

狼魔物は、人よりもケルベロスの因子に適合しやすいのだろうか？

しかし、色々考えても私の頭じゃ答えが出ない。

「ヘンリー兄様、気絶したルーク兄様を連れて、隙を見て遠くへ」

「リーチェは？」

「私はケルベロスを足止めします、少しでも時間を稼ぎます」

「……し、しかし」

相手は災厄級魔物だ。

ヘンリー王子が、妹を残すことに抵抗があるのはわかるが……。

「戦えない君がここにいて、何ができるの？」

「メイ、フィート」

「こういう時、迷いは死に直結する。躊躇する時間が、結局すべての人間を危機に晒すんだ。逃げることは薄情でもなんでもないよ」

「…………わ、わかった」

少し厳しい発言だが、事実である。

「逃げるタイミングは私がなんとか作……げっ！」

「「「ウオオオオオン！」」」

しかし、ケルベロスは空気を読まない。

耳を塞ぎたくなる巨大な咆哮を轟かせ、会話の最中に猛スピードで突撃してくる。

急ぎ物理結界を多重展開、ケルベロスと正面衝突する。

「す、すごいっ……ケルベロスの突撃を」

「な、なんて強固な結界魔法だ！　これが、風の大聖女」

驚くお姫様とヘンリー王子。

私の結界とケルベロスでせめぎ合いが始まるが……。

「あ、これたぶん無理」

「「え？」」

そんな呟きの後、パリンパリンと一枚ずつ結界が割れる音がした。

ケルベロスは想像していた以上のパワーだった。

減速させるのが精一杯、さすが災厄級の魔物である。

「「「オオオオオオオン！」」」

すべての結界が割れ、眼前まで走ってきたケルベロス。

丸太より太い豪腕を持ち上げ、振り下ろそうとしてくる。

「「「ウウ、ウオオオオオン！」」」

まだ背後には王子様たちがいる。

逃げるわけにもいかず、結界にプラスして支援魔法を自らにかけ、攻撃を受け止める覚悟を持つ。

一応、最も防御の固いとされるクロスアームブロックを選択。

しかし、この物量差だと意味があるのだろうか？

なんてことを考えていると……おや？

「「「ウウ……ウウウ」」」

ケルベロスの違和感に気づく。

待てども、振り下ろされない足。ケルベロスの動きが止まっていた。

怪訝に思い、その視線の先を辿ると眼鏡君がいた。

後ろのヘンリー王子が、眼鏡君を抱えて避難すると同時に、ケルベロスの足は振り下ろされる。

それを確認し、鮮やかにバックステップして躱す姫様と私。

（どういうこと？）

なんで、ケルベロスは攻撃を躊躇したの？

小さくて愛らしかった頃の面影は、どこにもない。

完全に暴力的衝動に支配されたと思ったが、ケルベロス化してもまだ理性は完全に消えていない？

餌をあげていた眼鏡君のことを覚えてる？

「さて……と、メイフィート」

「グレモリアス？」

「貴様がどうこの危機を乗り越えるか、見せてもらおうか」

戦いに巻き込まれないよう、より高く浮上していく。

楽しそうに私たちを見下ろしている。

文字通り、高みの見物をするつもりらしい。

陰から魔物を操り支配するボスみたいな立ち位置に、ちょっとだけ腹が立った。

「き、協力してくれないんですか！　悪魔公爵！」

「当然だろう、貴様らとの契約は既に完了した」

姫様が叫ぶが、グレモリアスはあっさりと断る。

ま、君ならまず、そう言うだろうね。

大丈夫、最初から期待はしていないよ。

「でも、このままじゃみんな……」

「いいよ姫様、私がどうにかするから」

「あ、相手はケルベロスですよ！　いくら大聖女とはいえ……そう簡単にっ」

「問題ないよ」

「え？」

あっさりと言う私に驚くお姫様。

戦いに勝つだけなら……ね。

「殺すことはできると思うよ、でも……」

できることなら、したくない決断だ。

なんとか穏便《おんびん》に済ませたい。

「グレモリアス、戦闘は参加しなくていいから、王子様たちの保護をしてよ」

「何故我が……」

「せめて、王族の誰かが生き残らないと、君が報酬を受け取れないでしょ」

「ち、やむを得んな」

ヘンリー王子と気絶した眼鏡君の元へ飛んでいくグレモリアス。

「うおっ」

「落ちたくなければジッとしていろ」

両脇に王子様二人を抱え、攻撃の余波を受けない高さへ。

「メイ……さっきの問題ないって言葉、本当なのですか？」

「うん、たぶん負けないと思う」

結界にしたって、割られたが時間は稼げた。

現状でも十分、私の魔法でケルベロスに対抗できている。

「姿を戻すのは無理だけど、私の鎮静化の魔法で、ケルベロスの凶暴化は止めることはできるかもしれない」

「ふむ、貴様はもっとドライだと思っていたが、案外、甘い決断をするのだな」

空から、意外そうに私に語り掛けてくるグレモリアス。

「ま、あの子を巻き込んだのはこっちだしね、余裕のあるうちは足掻《あが》いてみようかなと」

「……よ、余裕って」

やり取りを聞いて困惑するお姫様。

「でも、こんなに頼もしいことはありませんね」

「いや、倒すでなく、助けるとなると面倒だと思うよ。ケルベロスに通じる魔法となると、それなりに魔力を溜める時間が欲しいし」

「ではその時間……私が必ず稼ぎます！」

「お姫様……いいの？　あの子を助けるのは私の独断だよ」

「でも、絶対に意志は曲げないんでしょう？　貴方はそういう人です」

お姫様が私を見て笑った。

まぁ、そうだね。

「そんな貴方だから、兄も惹かれたんです」

「………」

「メイは何度も私を助けてくれました。貴方の決断に従いますよ。それに……できるなら、全部ハッピーエンドの方がいいですから」

「そう、だね」

迷いなく言うお姫様、とても気持ちのいい返事だった。

後味が悪くならないように頑張るとしようか。

正気に戻ったら、あの子を眼鏡君に徹底的に躾けてもらおう。

「それじゃあ、時間稼ぎは任せたよ」

「はい！」

私の支援魔法をお姫様に展開していく。

同時、ケルベロスが三つの口に魔力を集中し始めた。

「頼んだよ」

「はい！」

元気良く返事し、ケルベロスに向けて駆け出すお姫様。

辺り一帯、荒野にかえるだけの圧倒的な灼熱のブレスが解き放たれる。

眼鏡君もいなくなり、遠慮が消えた一撃を、お姫様は跳躍して回避する。

「メイ！」

「問題ない！　進んで！」

超破壊力のブレスは、常人なら苦しむ間もなく蒸発する攻撃だ。

避けるのが正解だが、今回は周辺地形への影響を考えて、弾くでもなく真っ向から勝負する。

私が受け止めなかったら、確実に森林火災になって地形が変わる。

「……ぬ、ぬぐぐ」

一気に展開したマジックバリア。

割れては張り、割れては張りを繰り返す。

ブレスの威力は徐々に減衰していき、どうにかブレスは霧散する。

ここまでの一撃を受けたのは久しぶりのことだ。

それでも、私の防御を貫くには足りない。

その間に、姫様がケルベロスの前へ。

「す、凄い……速い、力も湧いてくる。私の支援魔法なんかと比較にならない、これがメイの魔法」

「「「オオオオン！」」」

ケルベロスを攪乱《かくらん》する姫様。

切って離れてのヒットアンドアウェイで、私の方に意識が向かないようにしている。

「こ、この調子なら、なんとか……」

私は魔力をチャージしながら、姫様の戦いを見守る。

もう少し、もう少しだけ頑張って……。

「「ウオオオオン！」」

「くっ！」

鋭利な爪を振り下ろすケルベロス。

直後、姫様が後ろに吹き飛ばされた。

地面を何回転とするが、すぐに立ち上がる。

「ふ、風圧だけで吹き飛ばされた、もっと余裕を持って避けないと……」

姫様の額から滴り落ちる血液。

血は回転時に負ったもので、なんとか直撃は回避したようだ。

姫様は再びケルベロスの元へと駆け出す。

「怖い、だけど……こんなの、なんてことない。ルーク兄様の苦しみに比べたらっ！」

「「ウオオオオン！」」

「ここで役に立てなかったら、私はなんのために強くなったのかわからない！」

叫び、奮戦するお姫様。

（よし！　準備が出来た！）

「姫様ありがとう！　下がって！」

「はい！」

地面に展開される巨大魔法陣。

昼かと見間違いそうになる強烈な光が、ケルベロスを照らし出す。

「「ウ、オオオオオ…………ン」」

へなへなと脱力するように、地面にへたり込むケルベロス。

危ない目に遭ったが、今度こそ決着が付いたのだった。

エピローグ

安全を確認し、王子二人を抱えて地上に降りてくるグレモリアス。

着地してすぐに、お姫様の元に駆け出すヘンリー王子。

「リーチェ、け、怪我はっ！」

「大丈夫ですよ、この程度なら回復魔法ですぐに治ります」

「私も無事だよ、グレモリアス」

「見ればわかる」

「そうですか」

聞いた人物が悪かった。

私も頑張ったし、労《ねぎら》いの言葉が欲しい雰囲気じゃん。

そんなことを考えていると、走って来るお姫様。

「やりましたね、メイ！」

ぎゅっと私の手を握るお姫様。

そうだよ、この一言《ひとこと》が欲しかったんだよ。

「お疲れ様、お姫様……期待以上だったよ」

「ありがとうございます、全部……メイのおかげです！」

「ううん、お姫様の頑張りだよ」

ちらりと、ケルベロスの方を見る。

鎮静化の魔法により、完全に戦意を失くし、大人しくなっていた。

大きくつぶらな瞳でこっちを見ている。

こうして安全な立ち位置で見る分は可愛いんだけど……しかし。

「このあと、どうしたものか？」

「……と、いうと」

「あくまで一時的に戦闘の意志を奪っただけで、魔法が解けたら襲い掛かってくると思うんだよね」

「じ、じゃあ、まだ完全に安心するのは……」

「永続的な魔法じゃないんだ。一応、私の意識がある間は問題ないけど」

人は眠らなければ生きていけない。

こればかりはどうしようもない。

多分、私以外じゃ暴れたケルベロスを抑えられない。

グレモリアスは協力なんてしてくれないだろうし……。

大人しくしてる今のうちに手段を考えないと……。

「メ、メイ……あれ、を」

「どうしたの、お姫様……て」

唐突に、眼前の空間が大きく歪み始めた。

悪魔の召喚石を使ってもいないのに……これは、一体。

空間の先に、強烈な存在の気配がした。

何者かが、この場に現れようとしている。

「「っ！」」

「……ち、やはり来たか」

身構える私たち。

何故か、グレモリアスは一人だけ舌打ちしていた。

警戒していた私だったが……。

うん？　この気配、懐かしい感じが……ま、まさか。

「メイイイイイッ！」

「ポ、ポチイイイイイッ！」

「あああ、やっと会えたよおおおおっ！」

空間を超えて、空から現れたのはまさかの巨大な白狼、私の親友だった。

そのまま着地、私の元へと走ってくる。

再会し、喜びの抱擁を交わす私たち。

何が何だか、まったくわからないけど……とても嬉しい。

「フ、フェンリル、ですって」

「ま、まさか、この白狼はポルトーチラ・スフィンケラー……か？」

「そうだよ」

「「そ、そうだよって……」」

まさかの神獣登場に、ヘンリー王子とお姫様は唖然としていた。

きっと私以上に、目の前の光景に頭が追い付いていないんだろうな。

「グレモリアス、よくも僕を次元の狭間に落っことしてくれたね！」

「逆恨《さかうら》みも甚《はなは》だしい、貴様がメイフィートに会いたいと、無理矢理転移についてきたせいだろうが」

ポチが上空のグレモリアスを睨みつけた。

その後、ポチは自力で次元をこじ開けて脱出したらしい。

「お、お初にお目にかかります、ポルトーチラ・スフィンケラー様。私の名はヘンリー、ラバウル王国の第一王子です」

「お、同じく第一王女のリーチェと申します」

王族とあっても相手は神の使徒、ポチの前で慌てて傅《かしず》く二人組。

急に緊張感ある雰囲気が漂う。

「ご丁寧にどうも、顔をあげて今の状況を説明してくれる？」

「「はっ！」」

二人による説明が続き、五分後。

「なるほど、ね……大体のことはわかった」

ポチは暫し考えたあと。

大人しくなったケルベロスを見て。

「メイ、僕がその子はなんとかするよ」

「で、できるの、ポチ？　……グレモリアスにもできなかったんだよ！」

「ふふふ、そこの悪魔にできずとも、僕には可能さ」

「凄い、グレモリアスにもできなかったのに！」

「できるさ、そこの悪魔にはできずともね！」

「メイフィート、貴様、さては我の言ったことを根に持っているな」

お互い様でしょうが。

鬱陶しそうな顔でグレモリアスがこっちを見ていた。

ケルベロスとなったが、肉体のベースはムーンウルフ。

ポチ曰《いわ》く、興奮した理由は変質のせいだけではないそうだ。

今日は満月で、進化した肉体が過剰な月の力を取り込んだからとのこと。

フェンリルのポチは月光を好み、力の操作には長けている。

少し時間は必要だが、ポチならケルベロスに力の制御法を叩き込めるとのこと。

「ポチいいいいっ！　ありがとう！」

「ま……最後くらいは僕もメイの役に立ちたいしね、ふふふ」

優しく微笑むポチ。

相手が災厄級魔物なら、前回のインフィニティドール同様、神様からお叱りを受けないとのこと。

「も、もう、何が、なんだか……」

「ああ、今日で一生分驚いた気がするよ」

姫様とヘンリー王子はポカンとしている。

問題も一段落したので、置いてきぼりの二人に、ポチと私の関係とかを説明するのだった。


翌日、眼鏡君は無事に目を覚ました。

その後に起きた戦いを知り、申し訳なさそうに何度もお礼を言われた。

まぁ、さすがにこの件で、飼い主責任を追及するのは可愛そうだろう。

今度は与えた餌を食べさせるようにしないとね。

グレモリアスは、ヘンリー王子から報酬のお酒を受け取り、用は済んだと一足早く、悪魔の召喚石を使ってリドルブに戻った。

不要な慣れ合いをするつもりはないらしい。

私は眼鏡君が魔法陣の修復に取り掛かっている間、昼は街を観光、夜はポチのケルベロスの特訓を見物して過ごした。

ケルベロスは、その栗色の体毛からマロンと名付けられた。

やはり、名前がないと不便だしね。

マロンは北の地へと連れていくことになった。

さすがに森の中に放し飼いしておくわけにもいかない。

根は優しい子だ。力の制御さえ覚えてしまえば、周囲が変質化する危険もなく、種族の近い獣人たちの輪の中でなら、仲良く暮らせるとポチが言っていた。

姫様の容態悪化で中断された生誕祭だが、五日後に再開催された。

もう面倒なのはこりごりなので、私は行かなかったが、快復した眼鏡君とお姫様は一緒に踊ったりして、楽しんだそうだ。

婚約者探しの件はまた一から落ち着いてということに……。

きっとアステイルの件は、ヘンリー王子の黒歴史として残り続けるのだろう。

陛下とはお姫様を治療して以来、会っていなかったが、どうしても感謝を伝えたいとのことで、後日お忍びで私のところに会いに来た。

その時、眼鏡君の叔父である人物も同席していた。

彼は私が幼い頃、会っていたらしい。

成長した私が昔の印象と違い過ぎて、同一人物とわからなかったと言っていた。


そして、その二日後。

眼鏡君による魔法陣の修復も無事完了した。

北の地へ戻る時がついにやって来たのだ。

転移魔法陣の近くにある眼鏡君の家まで、見送りに来てくれたのはお姫様とヘンリー王子。

一緒に向かうのは私とポチ、そして……。

「どうか体に気をつけて、ルーク兄様」

「少し、寂しくなるな」

「大げさだ、魔法陣があればいつでも戻って来れるよ」

「はは、そうだったな」

眼鏡君とケルベロスのマロンだ。

眼鏡君は北の地まで直接来てくれることになった。

家を出て歩き、魔法陣のある場所に着く。

ヘンリー王子とお姫様はここでお別れだ。

「わふん、わふん！」

「こらマロン、陣を起動する時は、大人しくしてなきゃダメだ」

「わ、わっふん」

ポチが魔法陣の前ではしゃぐマロンを注意する。

ダブルもふもふ……こうして見ていると、なんか和《なご》む。

最初にポチ、次にマロンが魔法陣で北の地へと転移していく。

眼鏡君曰く、私たちが転移に失敗したのは魔法陣の使用法を守らなかったのが原因らしい。

箱の中にたくさんの物を入れると壊れるのと同じだ。

以前聞いた魔法陣の魔力の過放流という話は、私とポチが一緒に使用したから。

莫大な魔力を持つ私や神獣のポチ、災厄級魔物のマロンは一緒に乗るなという話だ。

そのルールさえ守れば問題なく移動できるみたいだ。

空間魔法を付与したマジックバッグが干渉することもないらしい。

さて、次はいよいよ私と眼鏡君の番だ。

「それじゃあ、行こうか」

「ああ」

魔法陣の前へと歩き出す私たち。

見送りの二人に元気に手を振る。

副団長さんを始めとした銀騎士団の人たちにも、姫様によろしく言っておいてもらうことにしている。

ま、皆、会おうと思えば会えるしね。

「ありがとう、メイフィート」

「お礼ならもう何度も聞いたよ、眼鏡君」

「何度言っても足りないぐらいだ。今生きているのは君のおかげだ。何から何まで。とんでもない恩ができた」

「ふふ、その分君にはこれから、みっちりと働いてもらうよ」

「はは……怖いな。でも……任せてくれ」

うん、頼りにしているよ。

とても、いい顔をするようになった。

聡明な彼がいれば間違いなく、北の地は発展するだろう。

魔法陣の存在については、ラバウルの王族だけの秘密としてもらっている。

まぁ、もし起動させたとしても、北の地の瘴気は濃い。

準備なく来ても、生活するのは難しいだろう。

勿論、眼鏡君にはその件を話してある。

既に対策アイテムは作ってあるとか……さすがである。

「また君と一緒に、か……不思議なものだ、縁というのも」

「わかるけど、君そんなこと言うキャラだっけ？」

「酷いこと言うね、君は……まったく。今回ばかりは信じたくなったんだよ」

苦笑する眼鏡君だった。

ふと、何かを思い出したように立ち止まる。

「メイフィート……済まない、もうちょっと待っていてくれるか？」

「うん？」

「ごめん、少し……ね」

眼鏡君が魔法陣を出てお姫様とヘンリー王子の元へ。

「……お兄様、忘れ物ですか？」

「いや、リーチェ……伝えたいことがあってね」

じっとお姫様の顔を見る眼鏡君。

「僕は……君が少しだけ羨ましかった」

「ルーク、兄様？　ど、どうしたんですか突然」

いきなりの告白に、きょとんとした顔のお姫様。

「君の周りにはいつも多くの人がいたから……僕と違ってね。なんで君ばかりって、そう思っていた」